Paris

1829

Recueil dramatique: Paul et Virginie, Werther, L'amour et l'amitié

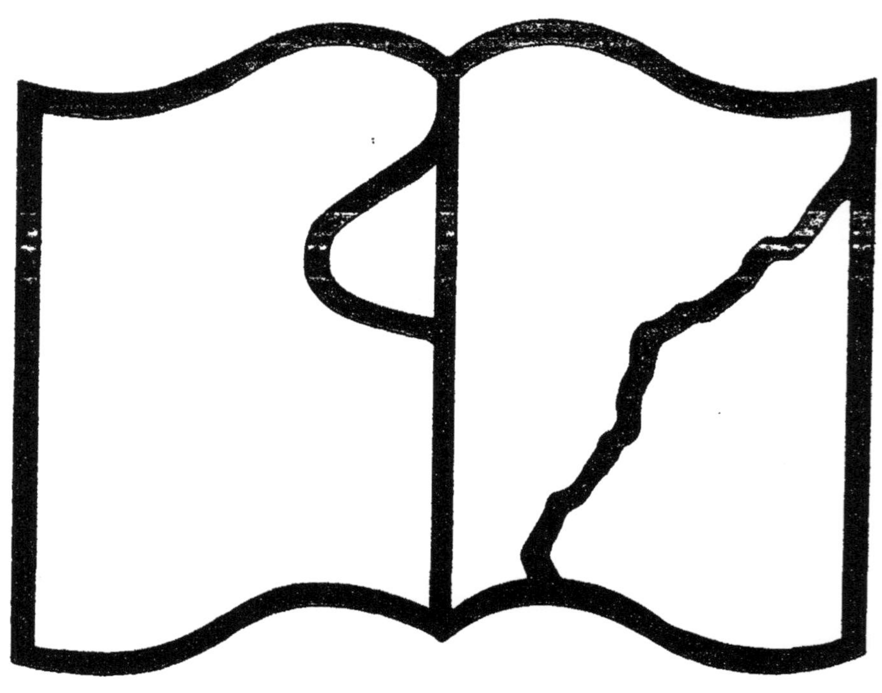

Symbole applicable
pour tout, ou partie
des documents microfilmés

Texte détérioré — reliure défectueuse

NF Z 43-120-11

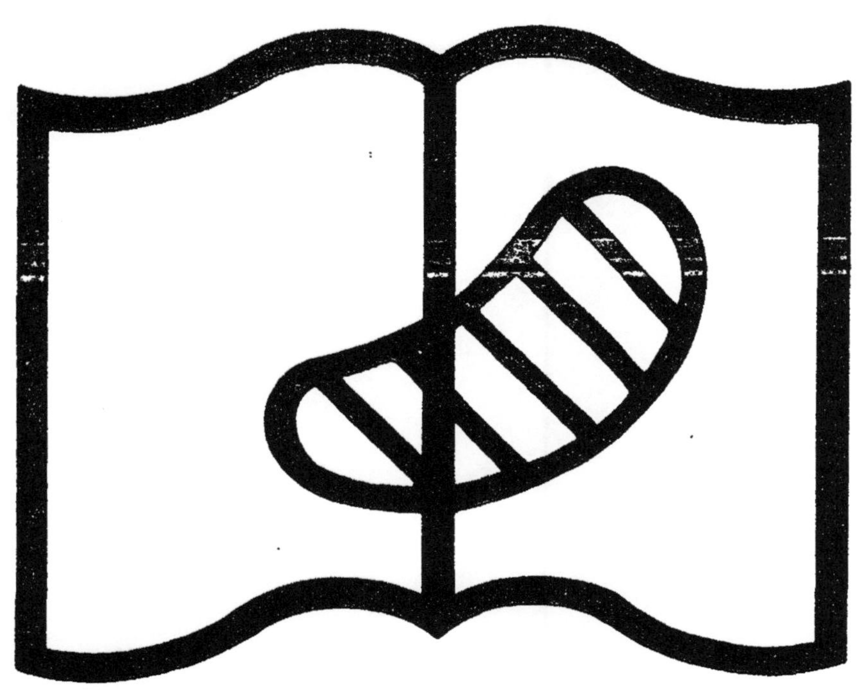

Symbole applicable
pour tout, ou partie
des documents microfilmés

Original illisible

NF Z 43-120-10

Par B.C. Gournay, d'après Barbier.

RECUEIL DRAMATIQUE.

Prix : 3 francs;
3 francs 50 cent. par la poste.

PARIS. — IMPRIMERIE ET FONDERIE DE RIGNOUX,
Rue des Francs-Bourgeois-S.-Michel, n° 8.

RECUEIL DRAMATIQUE,

CONTENANT :

PAUL ET VIRGINIE,

DRAME EN CINQ ACTES ET EN PROSE ;

WERTHER,

DRAME EN CINQ ACTES ET EN PROSE;

L'AMOUR ET L'AMITIÉ,

PANTOMIME DIALOGUÉE EN TROIS ACTES,

ET PRÉCÉDÉS

D'UN PROLOGUE EN PROSE.

PAR B. C. G.

PARIS.

CHEZ J. N. BARBA, LIBRAIRE,

AU MAGASIN DE PIECES DE THÉATRE, PALAIS-ROYAL,

GALERIE DERRIÈRE LE THÉATRE-FRANÇAIS.

1829.

AVERTISSEMENT DE L'AUTEUR.

S'il est douteux que ces pièces eussent du succès à la représentation, je puis du moins assurer qu'elles ont fait répandre des larmes à la lecture. Eh! qui n'en verserait pas au simple récit de la fin malheureuse de *Paul et Virginie*, des souffrances inouïes du jeune *Werther*, de la catastrophe terrible de l'*Amour et l'Amitié?*

On me reprochera peut-être d'avoir suivi trop servilement les romans que j'ai mis en drames. Oui, sans doute, je les ai suivis, et même copiés, autant que j'ai pu le faire; et loin de m'en disculper, je m'en glorifie : car, pénétré de mon insuffisance, je n'ai point eu la ridicule prétention d'établir une lutte inégale avec les célèbres auteurs de ces mêmes romans; j'ai seulement tâché de prouver que ces derniers étaient propres à la scène, et qu'ils abondent en situations dramatiques.

Ce *Recueil* est resté long-temps en portefeuille : la pièce de *Werther* fut bien imprimée en 1806; mais à peine était-elle en vente, qu'elle en fut retirée par des considérations particulières.

TABLE DES PIÈCES.

PAUL ET VIRGINIE,

DRAME.

PRÉFACE DE L'AUTEUR.

On sait que ce sujet a déja été traité avec succès à l'Opéra-Comique. L'opéra de *Paul et Virginie* mérite, sous tous les rapports, l'estime dont il jouit. Le coloris, la fraîcheur et l'harmonie qui règnent dans ses tableaux sont séduisans. Une excellente musique ajoute encore à la magie qui enchante dans cet ouvrage.

Mais, outre que l'auteur de cet opéra n'aurait pas osé le terminer par la fin malheureuse de ses héros, ce qui est jusqu'ici sans exemple au théâtre de l'Opéra-Comique, et que, par là, il a été forcé de sacrifier ce que cette catastrophe offre de plus instructif, il lui était impossible de renfermer dans le cadre, nécessairement borné, de trois actes occupés en partie par la musique, tous les événemens importans de l'histoire touchante qu'il a mise en scène. L'auteur de ce *drame* a donc cru qu'il pouvait traiter le même sujet.

On voit dans l'avis qui est en tête de l'édition in-18 de l'Histoire de *Paul et Virginie* (Paris, 1789, page xxx), qu'un homme de lettres, *connu par des succès*, a eu le dessein d'en faire un drame. Si cet ouvrage a été exécuté il est resté *inédit*. Plus loin, dans le même *avis*, se trouve le plan d'un drame, tracé par M. de Saint-Pierre lui-même; c'est celui qu'on a suivi et dont on s'est peu écarté.

Ce sujet présentait quelques difficultés. D'abord, pouvait-on, sans danger, supprimer une partie des événemens d'une histoire dont l'impression est faite dans l'esprit du public; et pouvait-on les offrir tous? On laisse à juger comment et jusqu'à quel point cette difficulté a été surmontée. En second lieu, comment se hasarder à écrire à côté de l'immortel auteur de *Paul et Virginie*? Celui du drame a tranché cette difficulté, en laissant parler M. de Saint-Pierre lui-même, quand cela était possible; en empruntant ses expressions, ses idées même, lorsqu'il ne pouvait pas emprunter davantage [1].

[1] On trouvera peut-être qu'il n'a pas été tiré un assez grand parti du rôle de la tante de Mme de La Tour (de Mlle de Saint-Ange); cela peut être vrai; mais un développement plus étendu du caractère de ce personnage n'eût pu se faire sans des sacrifices que ce développement n'aurait pas compensés.

PERSONNAGES.

Mme DE LA TOUR, mère de Virginie.
MARGUERITE, mère de Paul.
PAUL, fils de Marguerite, amant de Virginie.
VIRGINIE, fille de Mme de La Tour, amante de Paul.
M. DE SAINT-HILAIRE, voisin et ami de ces dames.
M. DE LA BOURDONNAIS, gouverneur de l'île de France.
Mlle DE SAINT-ANGE, tante de Mme de La Tour.
DOMINGUE, esclave de Marguerite, mari de Marie.
MARIE, esclave de Mme de La Tour, femme de Domingue.
OFFICIERS de la suite du Gouverneur.
Plusieurs ESCLAVES du Gouverneur.
Un autre ESCLAVE de l'île.
HABITANS DE L'ÎLE.
UN DÉTACHEMENT DE SOLDATS.
NOIRS MARONS.

La scène est à l'île de France.

PAUL ET VIRGINIE,

DRAME.

ACTE PREMIER.

La scène est dans une petite habitation située au milieu d'un grand bassin formé par de grands rochers. A droite et à gauche sont deux cases ou cabanes, réunies par deux rangs de bananiers, dont les rameaux entrelacés et l'épais feuillage forment une belle salle de verdure, où se rassemblent ordinairement les deux familles. La case de Mme de La Tour est à droite du spectateur; celle de Marguerite est à gauche.

Au pied de la montagne qui se fond dans le lointain, on voit la ville du Port-Louis, à gauche; à droite, on distingue une route qui mène au quartier des Pamplemousses dont on aperçoit l'église au bout d'une avenue de bambous.

Sur un plan plus rapproché que la montagne, entre elle et les deux cases, par dessous et entre les bananiers qui les réunissent, on voit une partie du bassin bien cultivée. On y distingue une fontaine ayant pour inscription : *Bain de Virginie*, ombragée par deux beaux cocotiers, dont l'un est plus élevé que l'autre, et qui pourront, si l'on veut, porter pour inscription : *Arbre de Paul, arbre de Virginie.*

Aux cloisons des cases sont suspendus des instrumens aratoires et divers ustensiles. Tout annonce la propreté, l'ordre et la simplicité.

SCÈNE PREMIÈRE.

M. DE SAINT-HILAIRE. (*Il vient tranquillement avec la contenance d'un sage et le calme de la vertu. Il s'assied.*)

Nota. — Pendant ce monologue, on verra de fois à autre passer, en travaillant, *Domingue* qui se rapprochera peu à peu du lieu de la scène, où viendra aussi, vers la fin, *Marie* qui rangera entre les deux cases.

Que ces lieux ont d'attrait pour moi! j'y reviens toujours avec un nouveau plaisir. Il est si doux de se voir au milieu des heureux qu'on a faits! Chaque objet qui frappe ici mes yeux, rappelle à ma pensée quelque souvenir agréable. Cette cabane que je bâtis pour Marguerite, à son arrivée dans cette île, où elle venait chercher la paix et le bonheur qu'elle n'avait pu trouver en France; ce palmier que je plantai à la naissance de son fils, de cet intéressant *Paul*, fruit d'un trop malheureux hymen; cette seconde cabane que je bâtis ensuite pour Mme de La Tour, fuyant loin de sa patrie pour éviter les persécutions d'une tante cruelle et puissante, dont la haine la poursuivit jusque dans ces déserts; cet autre palmier que je plantai à la naissance de sa fille, de cette aimable *Virginie*, seul bien qui lui reste, hélas! d'un hymen non moins malheureux que celui de Marguerite; ces bananiers que j'apportai des bois voisins, et sous lesquels se réunissent chaque jour ces deux dames avec leurs enfans et leurs fidèles esclaves; ce jardin, ces vergers, que je formai de mes propres mains; tout enfin rappelle à mon ame des souvenirs attendrissans.

(*Il se lève.*) Faux plaisirs d'un monde corrompu! qu'êtes-vous auprès de ceux qu'on goûte dans le calme de l'innocence et de la paix? Au milieu de nos cités bruyantes d'Europe, divisées par tant d'intérêts divers, l'ame est dans une agitation continuelle; ici, au contraire, l'envie et l'ambition sont même inconnues. L'histoire trop souvent scandaleuse de la société ne fournit point, il est vrai, de matière aux conversations de ces vertueuses familles, mais le grand livre de la nature les remplit de ravissement et de joie. Elles admirent avec transport le pouvoir d'une Providence qui répand avec profusion, au milieu de ces arides rochers, l'abondance et les plaisirs purs.

O vous, Européens! dont l'esprit se remplit, dès l'enfance, de tant de préjugés contraires au bonheur, vous ne pouvez concevoir que la nature et le cœur puissent procurer tant de jouissances: insensés! vous ignorez que la nature et le cœur sont inépuisables. Et moi aussi j'ai partagé vos illusions et goûté vos chimères, mais sans y trouver de vrai bonheur. Une simple cabane, non loin d'ici, dans la forêt, un petit champ défriché de mes mains, une rivière qui coule devant ma porte, suffisent à mes besoins et à mes plaisirs.

SCÈNE II.

M. DE SAINT-HILAIRE, DOMINGUE, MARIE.

(*Domingue travaille derrière les bananiers. Marie range, va et vient d'une case à l'autre.*)

MARIE.

Nous bien heureux, Domingue.

DOMINGUE.

Pourquoi, Marie?

MARIE.

Avoir si bonnes maîtresses.

DOMINGUE.

Penser à pauvre négresse de ce matin.

MARIE.

Oui.

DOMINGUE (*venant vers elle*).

Nous bien heureux aussi, que maîtresse à moi, *Marguerite*, et maîtresse à toi, *La Tour*, devenir amies et demeurer ensemble, exprès pour mariage à nous : sans ça, pas être pauvre Domingue à toi, bonne Marie.

MARIE.

Toi avoir raison (*lui serrant la main*), bien aise d'être bonne Marie à toi.

M. DE SAINT-HILAIRE (*allant vers eux*).

Bien, mes enfans; bien : toujours bon ménage.

DOMINGUE.

Comme le premier jour, monsié Saint-Hilaire.

MARIE.

Et pourtant li avoir quinze ans; car nous être mariés à naissance de jeune maîtresse à nous.

M. DE SAINT-HILAIRE.

Êtes-vous seuls, ici? Je ne vois personne.

DOMINGUE.

Maîtresse *La Tour* aller au Port-Louis, chercher lettre de France; et maîtresse *Marguerite* aller prier bon Dié à l'église des Pamplemousses.

M. DE SAINT-HILAIRE.

Et les enfans?

DOMINGUE.

Li aller conduire pauvre esclave fugitive, et demander grâce à maître à elle.

M. DE SAINT-HILAIRE.

Aimables enfans! Quel bon naturel! On dirait qu'ils ne sont nés que pour la bienfaisance et l'amour. Vous dites que Mme de La Tour est allée au Port-Louis chercher une lettre de France?

DOMINGUE.

Oui, monsié; de parente méchante.

M. DE SAINT-HILAIRE (*avec surprise et intérêt*).

De sa tante?

MARIE.

Qui tant faire pleurer maîtresse.

M. DE SAINT-HILAIRE.

Oh! oui; méchante : bien méchante!

MARIE.

Comment faire tant peines à femme si bonne?

M. DE SAINT HILAIRE.

Par orgueil. Mme de La Tour est née en France d'une riche et ancienne famille, dont elle a perdu l'amitié en épousant M. de La Tour.

MARIE.

Li être tant regretté de maîtresse.

M. DE SAINT-HILAIRE.

Et il mérite de l'être; car il était riche en talens et en vertus : mais il n'était pas gentilhomme; et ce fut un grand crime aux yeux de cette cruelle parente, qui dès lors voua une haine si forte à sa nièce, qu'elle fit inhumainement échouer toutes les tentatives de M. de La Tour pour obtenir du service dans sa patrie.

DOMINGUE.

Vilaine!

M. DE SAINT-HILAIRE.

Elle ne s'en tint pas là : M. de La Tour, fatigué de tant d'inutiles efforts, se détermina à venir chercher fortune dans cette île : déja la haine et les basses intrigues de cette abominable femme l'y avaient dévancé.

DOMINGUE.

Vié démon!

M. DE SAINT-HILAIRE.

Cela lui fut d'autant plus aisé que, propriétaire d'une riche habitation à l'île Bourbon, voisine de celle-ci, où elle est née et a été élevée, elle a autant et même plus de crédit ici qu'en France. C'est alors que, désespéré de rencontrer dans ce pays les mêmes obstacles que dans sa patrie, M. de La Tour laissa sa femme au Port-Louis, et s'embarqua pour Madagascar, où il mourut presque à son arrivée.

DOMINGUE.

Ah! grand malheur, monsié.

M. DE SAINT-HILAIRE.

Oui, sans doute; car cette perte, aussi cruelle qu'inattendue, laissa Mme de La Tour enceinte et n'ayant pour tout bien au monde que cette bonne négresse, dans un pays où elle n'avait ni crédit, ni recommandation.

DOMINGUE.

O, bon Dié! comment elle sortir de si grand peine?

M. DE SAINT-HILAIRE.

Son malheur lui donnant du courage, elle résolut de cultiver un petit coin de terre pour vivre, et s'achemina vers ces rochers, où la Providence lui réservait le plus grand des biens, *une amie*. Elle trouva dans ce lieu Marguerite qui allaitait son enfant.

MARIE.

M'en souvenir bien; prendre li dans bras, pauvre petit! li sourire à moi.

M. DE SAINT-HILAIRE.

Marguerite avait aussi connu le malheur. Née en France d'une bonne famille de laboureurs qui la chérissait, et dont elle méprisa les avis, elle fut recherchée par un riche et honnête fermier de son voisinage, et eut la faiblesse de lui préférer un gentilhomme libertin, qui s'éloigna d'elle après l'avoir laissée enceinte.

MARIE.

Ah!... enfant à diable!... Et bon Dié pas punir li?

M. DE SAINT-HILAIRE.

Bien loin d'invoquer la vengeance du ciel, Marguerite n'appela pas même celle des hommes sur son perfide époux. Elle se contenta de quitter un pays où elle avait été si cruellement trompée, et vint pleurer son imprudence dans cette île.

DOMINGUE.

Chère maîtresse!

M. DE SAINT-HILAIRE.

Mme de La Tour, charmée de rencontrer une femme dans une position qu'elle jugea semblable à la sienne, lui parla en peu de mots de sa condition passée et de ses besoins présens. Marguerite en fut émue de pitié.

DOMINGUE.

Elle être si sensible et si bonne.

M. DE SAINT-HILAIRE.

Oui; sensible et bonne : tu la peins bien : et elle lui offrit sa cabane et son amitié.

MARIE (*sanglottant*).

Chère maîtresse... Elle être si malheureuse... Quand penser à ça... yeux à moi...

M. DE SAINT-HILAIRE.

Laissez un libre cours aux larmes que vous versez, bonne Marie; elles font l'éloge de votre cœur. Je connaissais Marguerite; et quoique je demeure à une lieue d'ici, je me regardais comme son voisin. Lorsque j'appris qu'elle avait une compagne, je vins la voir, pour tâcher d'être utile à l'une et à l'autre. J'engageai ces deux dames à partager entre elles le fond de ce bassin, qui contient environ vingt arpens, et dont je formai deux portions à peu près égales. Mme de La Tour était alors sur le point d'accoucher. J'avais été le parrain de l'enfant de Marguerite, que j'appelai *Paul*; Mme de La Tour me pria aussi de nommer sa fille, conjointement avec son amie qui lui donna le nom de *Virginie*. Depuis cette époque, unies par les mêmes besoins, ayant éprouvé des maux presque semblables, se donnant les doux noms d'amie, de compagne et de sœur, ces deux dames n'eurent plus qu'une volonté, qu'un intérêt, qu'une table.

MARIE.

Encore être comme ça, monsié : tout être commun entre elles.

M. DE SAINT-HILAIRE.

Les devoirs de la nature ajoutaient encore au bonheur de leur société. Leur amitié mutuelle redoublait à la vue de leurs enfans, fruits d'un amour également infortuné. Elles prenaient plaisir à les mettre dans le même bain, à les coucher dans le même lit. Ainsi ces deux petits enfans, se remplissaient de sentimens plus tendres que ceux de fils et de fille, de frère et de sœur. Déja leurs mères parlaient de leur mariage sur leurs berceaux.

SCÈNE III.

LES PRÉCÉDENS, MARGUERITE.

MARGUERITE.

Dieu soit loué, mon voisin, qui vous amène si à propos ici.

M. DE SAINT-HILAIRE.

Pourquoi cela?

MARGUERITE.

Mon amie est allée au Port-Louis, chercher une lettre que le gouverneur, M. de La Bourdonnais, avait à lui remettre de la part de sa tante.

M. DE SAINT-HILAIRE.

Ah ! tant mieux.

MARGUERITE.

Je ne sais.

M. DE SAINT-HILAIRE.

Comment ?

MARGUERITE.

Voilà la première réponse que Mme de La Tour reçoit de sa tante, aux nombreuses lettres qu'elle lui a écrites, depuis qu'elle est dans cette colonie...

M. DE SAINT-HILAIRE.

Je ne vois rien jusque là qui puisse vous alarmer.

MARGUERITE.

Je tremble que cette dure parente n'ait conservé son ressentiment contre sa nièce ; car mon amie en sera vivement affectée ; si au contraire elle est revenue à des sentimens plus doux, je crains une séparation douloureuse à laquelle mon cœur est loin d'être préparé.

M. DE SAINT-HILAIRE (*apercevant Mme de La Tour.*)

Mme de La Tour ! elle paraît accablée.

SCÈNE IV.

LES PRÉCÉDENS, MADAME DE LA TOUR.

MADAME DE LA TOUR.

(*Elle s'assied, et jette la lettre de sa tante sur la table, sur laquelle elle s'appuie du coude, la tête penchée sur sa main.*)

Voilà le fruit de quinze années de patience. (*A M. de Saint-Hilaire.*) Lisez, monsieur.

M. DE SAINT-HILAIRE (*bas à Marguerite, après avoir parcouru rapidement des yeux.*)

Vos craintes n'étaient que trop fondées. (*Il regarde Mme de La Tour, et hésite à lire haut.*)

MADAME DE LA TOUR.

Lisez.

M. DE SAINT-HILAIRE (*lisant*).

« Madame (car vous avez perdu vos droits à être ma nièce), il « faut bien que je vous réponde, pour mettre un terme aux lettres

« dont vous ne cessez de me fatiguer, depuis votre passage aux îles,
« premier effet de votre indigne mariage. »

MARGUERITE.

Quelle dureté!

M. DE SAINT-HILAIRE (*lisant*).

« De quoi vous plaignez-vous? N'avez-vous pas mérité votre sort? « Les passions portent avec elles leur punition. Vous avez épousé, « malgré votre famille, un aventurier, un libertin. »

MADAME DE LA TOUR (*levant au ciel des yeux humides*).

O, mon cher époux!... mon digne ami!... faut-il que je sois réduite à t'entendre outrager à ce point?

M. DE SAINT-HILAIRE (*lisant*).

« La mort prématurée de votre mari est un juste châtiment de « Dieu. Vous avez bien fait de passer aux îles, plutôt que de désho-« norer votre famille en France. »

MADAME DE LA TOUR (*en pleurant*).

Déshonore-t-on sa famille en épousant un homme vertueux?

M. DE SAINT-HILAIRE (*lisant*).

« Que me demandez-vous? n'êtes-vous pas dans un bon pays? « tout le monde y fait fortune, excepté les paresseux. Cessez donc « vos plaintes importunes; et, puisque vous n'avez pas su vous « tenir dans le rang où le ciel vous avait fait naître, travaillez. »

MARGUERITE.

Quelle barbarie!....

MADAME DE LA TOUR.

Lisez.

M. DE SAINT-HILAIRE (*lisant*).

« Au reste, pourquoi me gênerais-je pour vous? Que ne faisiez-vous « comme moi? Pour éviter les suites presque toujours funestes du « mariage, j'ai toujours refusé de me marier. » (*Jetant la lettre sur la table.*) La détestable fille!

MADAME DE LA TOUR.

Vous n'avez pas tout lu.

M. DE SAINT-HILAIRE (*reprenant la lettre*).

« *P. S.* Toutes réflexions faites, je vous ai recommandée à M. de La « Bourdonnais. »

MADAME DE LA TOUR.

Quelle recommandation!

M. DE SAINT HILAIRE.

Comment vous a-t-il reçue?

MADAME DE LA TOUR.

Froidement.

M. DE SAINT-HILAIRE.

J'en suis étonné.

MADAME DE LA TOUR.

Il n'a répondu à l'exposé que je lui ai fait de ma situation et de celle de ma fille, que par de durs monosyllabes. « Je verrai.. . « Nous verrons... avec le temps... Pourquoi indisposer une tante « respectable... C'est vous qui avez tort.

M. DE SAINT-HILAIRE.

Eh, madame! c'est que, afin de justifier auprès du gouverneur sa dureté pour vous, votre tante, en feignant de vous plaindre, vous aura calomniée. (*Reprenant la lettre.*) Mais voyons la date : 29 *janvier!* et nous sommes en décembre; onze mois! Ne vous désespérez pas, madame : puisque enfin votre tante s'est déterminée à vous écrire, elle pourra bien vous écrire encore. On signalait dès hier plusieurs vaisseaux venant de France. Espérons qu'ils apportent une seconde lettre plus consolante que la première.

MADAME DE LA TOUR (*avec beaucoup d'accent*).

Si je venais à mourir! que deviendrait Virginie sans fortune?

MARGUERITE.

Oublie des parens insensibles et cruels. N'as-tu pas de vrais amis? N'avons-nous pas M. de Saint-Hilaire, notre bienfaiteur, notre père? N'avons-nous pas vécu heureuses jusqu'à ce jour? Pourquoi donc te chagriner? N'as-tu plus de courage? (*Voyant Mme de La Tour pleurer, elle se jette à son cou et la serre dans ses bras.*) Chère amie!... Chère amie!...

M. DE SAINT-HILAIRE.

Ah, madame!...

DOMINGUE ET MARIE.

Bonne maîtresse.

M. DE SAINT-HILAIRE.

Calmez-vous.

DOMINGUE ET MARIE.

Pas pleurer.

MADAME DE LA TOUR (*du ton le plus ému*).

Mes amis!... mes chers amis!... quand le bonheur est autour de moi, dois-je m'occuper de malheurs éloignés et incertains?... Mais où sont nos enfans?... Je ne vois point nos chers enfans.

MARIE.

Li aller conduire pauvre négresse marronne à mauvais maître, habitant de la rivière Noire, qui avoir battu elle beaucoup.

MADAME DE LA TOUR.

Où l'ont-ils rencontrée ?

MARIE.

Sous bananiers. Elle se jeter à genoux de jeune maîtresse, qui donner à elle le déjeuner, pour que pauvre négresse pas mourir de faim. Jeune maîtresse vouloir aller demander grâce à maître à elle; et pauvre négresse partir avec jeune maître et jeune maîtresse.

MADAME DE LA TOUR.

La rivière Noire!.... Est-ce bien loin d'ici, monsieur ?

M. DE SAINT-HILAIRE.

A quatre grandes lieues. Il faut passer la montagne des Trois-Mamelons et la rivière qui coule au pied.

MADAME DE LA TOUR.

Quatre lieues ! Que vont-ils devenir ? Ces chers enfans ! Ils vont mourir de faim et de fatigue. Allons à leur rencontre.

M. DE SAINT-HILAIRE.

J'y volerais moi-même, si je n'étais obligé d'aller au Port-Louis. Mais réfléchissez, madame; par où irez-vous ? Quelle route ont-ils prise pour revenir ?

MARGUERITE.

M. de Saint-Hilaire a raison.

M. DE SAINT-HILAIRE.

Envoyez plutôt *Domingue* et *Marie*, chacun par une route différente, avec quelques provisions; c'est, croyez-moi, le meilleur parti que vous puissiez prendre : et tranquillisez-vous.

MADAME DE LA TOUR.

Vous reverra-t-on ?

M. DE SAINT-HILAIRE.

Je reviendrai ce soir; car je suis inquiet de vos enfans.

MADAME DE LA TOUR.

Oui; revenez : je désire vous entretenir.

FIN DU PREMIER ACTE.

ACTE SECOND.

SCÈNE PREMIÈRE.

MADAME DE LA TOUR, MARGUERITE, MARIE.

MARIE (*revenant par la plaine*).

Pas rien trouver, du tout.

MADAME DE LA TOUR (*à Marie*).

Monte sur le haut des rochers, pour découvrir de plus loin. (*à Marguerite.*) Un malheur ne vient jamais seul!

MARGUERITE.

Ta tante t'avait refusé si durement des secours, lorsque tu fus mariée, que tu t'étais bien promis de n'avoir jamais recours à elle, à quelque extrémité que tu fusses réduite.

MADAME DE LA TOUR.

Oui; mais devenue mère, je changeai bientôt de langage. Je savais que ma tante ne me pardonnerait jamais d'avoir épousé un homme sans naissance, quoique rempli de vertu, de talens et d'éducation; j'avais prévu ses reproches : mais l'amour maternel, tu le sais, ne connaît point d'obstacles.

MARIE (*criant du haut des rochers*).

V'là Domingue!... li voir moi!...

MADAME DE LA TOUR.

Et les enfans?

MARIE.

Li être seul.

MADAME DE LA TOUR ET MARGUERITE (*d'un ton de surprise et d'effroi*).

Seul!

MARIE.

Li remuer mains en joie... accourir beaucoup fort... (*en descendant*) Li arriver.

SCÈNE II.

LES PRÉCÉDENS, DOMINGUE.

(Vers le milieu de cette scène, Marie devra remonter sur le haut des rochers.)

DOMINGUE. (*Il entre en courant hors d'haleine.*)

Ah!

MARGUERITE.

Qu'as-tu fait des enfans?

DOMINGUE.

Li être derrière... avoir monté... rocher... en courant... pas pouvoir parler... li être ici... dans quart d'heure... li venir portés... par nègres marrons.

MADAME DE LA TOUR (*d'un ton inquiet*).

Comment? Que leur est-il donc arrivé?

DOMINGUE.

Pas rien du tout, maîtresses; être tranquilles. Courir devant, pour ôter peine dans cœur à vous.

MARGUERITE.

Où les as-tu trouvés?

DOMINGUE.

Dans bois, au pied à montagne; dans fourré épais, dont li n'a pas savoir comment sortir.

MADAME DE LA TOUR.

Malheureux enfans!

MARGUERITE.

Qui t'a dit qu'ils étaient là?

DOMINGUE.

Suivre dans bois petit sentier. Tout à coup entendre voix dire: « Toi pas pleurer, si pas vouloir faire chagrin à moi. » Écouter: « Être cause de peines à toi et de peines à mères. » Croire connaître voix à jeune maîtresse; écouter encore: « Faut pas rien faire sans « consulter parens. Oh! avoir été bien imprudente. » Quand voir que c'est jeunes maîtres, cœur à moi sauter de joie; li appeler.

MADAME DE LA TOUR.

Eh, bien!

DOMINGUE.

Quand moi être dans yeux à eux, jeune maître et jeune maîtresse pleurer beaucoup.

MADAME DE LA TOUR.

Chers enfans !

DOMINGUE.

Moi pleurer aussi et li dire : « O jeunes maîtres, mères à vous être « chagrines beaucoup ! Elles bien étonnées quand n'a pas trouver « vous encore, en arrivant. Li avoir quatre lieues d'ici case à nous : « faut manger et prendre forces. » Jeune maîtresse avoir brodequins de feuilles à pieds à elle tout meurtris.

MADAME DE LA TOUR.

Chère enfant : dans l'empressement d'être utile, elle avait sans doute oublié de se chausser.

DOMINGUE.

Non plus savoir comment faire pour partir ; jeune maître et jeune maîtresse pas pouvoir marcher.

MADAME DE LA TOUR (*vivement*).

Il fallait les porter tour à tour sur tes épaules, jusqu'à l'habitation la plus prochaine, en te reposant aussi souvent qu'il eût été nécessaire.

DOMINGUE.

Eh ! maîtresse ; vous savoir temps où li porter tous deux dans bras à moi ; li être petits alors et moi jeune ; à présent li être grands et moi vieux.

MARGUERITE.

Comment avez-vous donc fait ?

DOMINGUE.

Par grâce à bon Dié, noirs marrons paraître dans yeux à nous ; li chef s'approcher et dire : « Bons petits blancs, n'a pas avoir peur ; « nous avoir vu passer vous ce matin avec pauvre négresse pour aller « demander grâce à mauvais maître. Pour ça, vouloir porter vous « sur épaules à nous. » Li faire signe à quatre noirs marrons qui faire brancard avec branches et lianes, placer dessus jeunes maîtres et li porter sur épaules. Li accompagner jusqu'à montagne, et monter à travers rochers pour donner plus tôt nouvelles à vous.

MARIE (*du haut des rochers*).

Les v'là !... Les v'là !... (*Elle descend.*)

MADAME DE LA TOUR.

Ah ! je respire.

SCÈNE III.

LES PRÉCÉDENS, PAUL, VIRGINIE, QUATRE NOIRS MARRONS.

PAUL (*dans la coulisse*).

Bons noirs, nous vous avons donné bien du mal.

MADAME DE LA TOUR ET MARGUERITE.

Est-ce vous, mes enfans?

LES ENFANS ET LES NOIRS.

Oui; c'est nous. (*Ils entrent, les enfans portés par les noirs.*)

MADAME DE LA TOUR.

Malheureux enfans! d'où venez-vous?

VIRGINIE.

Nous venons de la rivière Noire, demander la grâce d'une pauvre esclave fugititive; et voilà que les noirs marrons nous ont ramenés.

MADAME DE LA TOUR.

Quoi! mes amis; vous bravez tous les dangers pour nous ramener nos chers enfans. Quelle reconnaissance ne vous devons-nous pas!

UN NOIR.

Nous être bons toujours pour bons blancs qui pas jamais faire mal à négres.

MADAME DE LA TOUR.

Venez vous rafraîchir, bons noirs; venez.

LE NOIR.

Nous pas pressés : trouver plaisir à voir petits blancs dans bras à vous.

MARGUERITE.

Dans quelles angoisses vous nous avez mises, mes enfans!

MADAME DE LA TOUR.

Que vous est-il donc arrivé?

VIRGINIE.

Oh! rien, maman.

MADAME DE LA TOUR.

Dis, ma fille; dis : ne crains rien. Notre frayeur est passée, mes enfans; racontez-nous tout.

VIRGINIE.

Après avoir reconduit l'esclave marronne à son maître, nous nous sommes assis sous un arbre, accablés de lassitude, de faim et de soif.

PAUL.

Nous avions fait à jeun plus de cinq lieues depuis le lever du soleil.

MADAME DE LA TOUR ET MARGUERITE.

Ah!

PAUL.

Je voulais que nous allassions demander à manger au maître de l'esclave; ma sœur ne l'a pas voulu.

MADAME DE LA TOUR.

Pourquoi?

VIRGINIE.

Il m'a fait trop peur.

MARGUERITE.

Comment avez-vous donc fait?

PAUL.

Nous avons entendu le bruit d'une source qui tombait d'un rocher voisin; nous nous y sommes désaltérés, et avons mangé un peu du cresson qui croît sur ses bords: puis apercevant un jeune palmiste parmi les arbres de la forêt, nous en avons mangé le fruit.

MADAME DE LA TOUR.

Fort bien: mais vous n'aviez plus de guide pour vous ramener.

PAUL.

J'ai dit à ma sœur: « Notre case est vers le soleil du milieu du « jour; il faut que nous passions, comme ce matin, par dessus cette « montagne que tu vois là-bas, avec ses trois pointes. Allons; mar- « chons.... » Nous sommes arrivés après une heure de marche, sur les bords d'une large rivière qui barrait notre chemin.

MADAME DE LA TOUR ET MARGUERITE.

Ah!

PAUL.

J'ai pris ma sœur sur mon dos, et j'ai passé la rivière. Que j'étais fort, avec elle!

VIRGINIE.

Oh! que j'avais grand'peur!

PAUL.

Que je me sentais de courage! Si l'habitant de la rivière Noire t'avait refusé la grâce de son esclave, je me serais battu avec lui.

VIRGINIE (*effrayée*).

Comment? avec cet homme si grand et si méchant! Mon Dieu! à quoi t'ai-je exposé!

MADAME DE LA TOUR.

Eh bien!

PAUL.

Nous avons continué notre marche à travers les bois; malheureusement j'ai perdu de vue la montagne sur laquelle je me dirigeais : et nous nous sommes trouvés dans un labyrinthe d'arbres, de lianes et de roches qui n'avait plus d'issue.

MADAME DE LA TOUR (*avec émotion*).

Malheureux enfans!

MARGUERITE (*lui serrant la main*).

Chère amie!

(*Leur émotion va toujours croissant jusqu'à la fin du dialogue qui se termine par les pleurs.*)

PAUL.

J'ai fait asseoir ma sœur, et me suis mis à courir çà et là pour trouver un sentier : il n'y en avait point. Je suis monté au haut d'un grand arbre pour découvrir la montagne : je n'apercevais que les cimes des autres arbres.

MADAME DE LA TOUR.

Eh bien!

PAUL.

Je me suis mis à crier de toute ma force, dans l'espoir d'être entendu de quelque chasseur : *Venez!... Venez au secours de Virginie!...* Les seuls échos de la forêt répétaient : *Virginie!...*

MADAME DE LA TOUR.

Eh bien!

VIRGINIE.

Descendant de l'arbre, accablé de fatigue et de chagrin, mon frère s'est mis à pleurer. C'est alors que, le ciel nous prenant en pitié, nous avons entendu Domingue... (*Voyant sa mère pleurer, elle se jette dans ses bras.*) Ma mère! vous pleurez... (*Se sentant pressée dans les bras de sa mère qui ne peut parler.*) Oh, ma mère! vous me faites oublier tout le mal que j'ai souffert.

MARGUERITE (*serrant aussi Paul dans ses bras*).

Et toi aussi, mon fils; tu as fait une bonne action.

MADAME DE LA TOUR.

Allons, chère amie; rentrons; et faisons bien rafraîchir ces bons noirs; sans eux nos enfans seraient morts de fatigue.

(*A sa fille qui va pour la suivre.*) Reste, ma fille; repose-toi avec ton frère : vous avez eu bien du mal aujourd'hui..

SCÈNE IV.

PAUL, VIRGINIE.

VIRGINIE (*s'asseyant*).

Oh, mon ami! jamais Dieu ne laisse un bienfait sans récompense.

PAUL (*s'asseyant auprès d'elle*).

Elle est pour moi dans le bonheur de me revoir avec toi dans notre case. (*La regardant tendrement.*) Ma sœur!....

VIRGINIE (*le regardant de même*).

Mon frère!

PAUL.

Ma Virginie!.... lorsque je suis fatigué, ta vue me délasse.

VIRGINIE.

Quand je suis triste, un seul de tes regards suffit pour dissiper mon ennui.

PAUL.

Si, du haut de la montagne, je t'aperçois au fond de ce vallon, mon cœur palpite de joie.

VIRGINIE.

Toujours j'aime bien nos mères; mais quand elles t'appellent *mon fils*, je les aime encore davantage. Les caresses qu'elles te font, me sont plus sensibles que celles que j'en reçois.

PAUL.

Lorsque je t'approche, tu ravis tous mes sens. Dis-moi donc, ô ma sœur! par quel charme tu as pu m'enchanter. Est-ce par ton esprit?

VIRGINIE.

Nos mères en ont plus que nous deux.

PAUL.

Est-ce par tes caresses?

VIRGINIE.

Elles t'embrassent plus souvent que moi.

PAUL.

Je crois que c'est par ta bonté. Je n'oublierai jamais que tu as marché nu-pieds jusqu'à la rivière Noire, pour demander la grâce d'une pauvre esclave fugitive.

VIRGINIE.

Tu me demandes pourquoi tu m'aimes! O, mon frère! tout ce qui a été élevé ensemble s'aime. Vois nos oiseaux; élevés dans les mêmes nids, ils s'aiment comme nous; ils sont toujours ensemble comme nous. Écoute comme ils s'appellent et se répondent d'un arbre à l'autre. De même, quand l'écho me fait entendre les airs que tu joues sur ta flûte au haut de la montagne, j'en répète les paroles au fond de ce vallon. Tu m'es cher, surtout parce que tu as voulu te battre pour moi contre le maître de l'esclave. Ah! mon frère, tu as un bon cœur; sans toi, je serais morte d'effroi.

SCÈNE V.

LES PRÉCÉDENS, LES MÈRES, LES NOIRS MARRONS.

MADAME DE LA TOUR.

Allez, bons noirs; le ciel vous tiendra compte de votre bonne action.

UN NOIR.

Bon Dié bénir et faire vous bien contens. Si vous avoir besoin de nous, bons blancs, nous être dans bois, entre rivière Noire et montagne: sang à nègres être tout pour bons blancs qui faire heureux li esclaves.

SCÈNE VI.

MADAME DE LA TOUR, MARGUERITE, PAUL, VIRGINIE.

MADAME DE LA TOUR.

Mes enfans; allez vous reposer.

PAUL.

Nous ne sommes plus las, maman.

VIRGINIE.

La joie de nous retrouver dans les bras de nos mères, nous a fait oublier nos fatigues.

MADAME DE LA TOUR.

N'importe, mes enfans; après une si cruelle journée, vous avez besoin de repos: allez.

PAUL (*envoyant un baiser à Virginie*).

Adieu! Virginie.

VIRGINIE.

Adieu! mon frère.

(*Ils se retirent, chacun dans la case de sa mère.*)

SCÈNE VII.

MADAME DE LA TOUR, MARGUERITE.

MARGUERITE.

Pourquoi ne marions-nous pas nos enfans ?

MADAME DE LA TOUR.

Ils sont trop jeunes et trop pauvres.

MARGUERITE.

Ils ont l'un pour l'autre un amour extrême.

MADAME DE LA TOUR.

Quel chagrin pour nous, si Virginie mettait au monde des enfans malheureux qu'elle n'aurait peut-être pas la force d'élever! Ton noir Domingue est bien cassé.

MARGUERITE.

Oui.

MADAME DE LA TOUR.

Marie est infirme.

MARGUERITE.

Cela est vrai.

MADAME DE LA TOUR.

Moi-même, chère amie, depuis quinze ans, je me sens fort affaiblie.

MARGUERITE.

Hélas! oui.

MADAME DE LA TOUR.

Paul est notre unique espérance. Attendons que l'âge ait fortifié son tempérament, et qu'il puisse nous soutenir par son travail. A présent, tu le sais, nous n'avons guère que le nécessaire de chaque jour.

MARGUERITE.

Il n'est que trop vrai.

MADAME DE LA TOUR.

Mais en faisant passer Paul dans l'Inde pour un peu de temps...

MARGUERITE (*avec surprise*).

Dans l'Inde!

MADAME DE LA TOUR.

Oui, chère amie; pourquoi non?

MARGUERITE (*d'un air indécis*).

Mais...

MADAME DE LA TOUR.

Le commerce lui fournira de quoi acheter quelques esclaves; et, à son retour ici, nous le marierons à Virginie : car je crois que personne ne peut rendre ma chère fille aussi heureuse que ton fils. Parlons-en à M. de Saint-Hilaire.

SCÈNE VIII.

MADAME DE LA TOUR, MARGUERITE, M. DE SAINT-HILAIRE.

MADAME DE LA TOUR.

Que pensez-vous de mon projet, monsieur? Aidez-nous de vos sages conseils.

M. DE SAINT-HILAIRE.

S'ils ne sont pas bons, madame, au moins seront-ils dictés par le plus sincère attachement.

MARGUERITE.

Mon amie voudrait que Paul passât dans l'Inde pour y faire le commerce pendant quelques années.

M. DE SAINT-HILAIRE.

Mais, les mers de l'Inde sont belles. En prenant une saison favorable pour y passer, c'est un voyage de six semaines au plus, et d'autant de temps pour en revenir.

MARGUERITE.

Je ne dis pas le contraire; mais, pour exécuter ce projet avec succès, il faudrait des moyens que nous n'avons pas.

M. DE SAINT-HILAIRE.

Pourquoi? Nous ferons dans notre quartier une pacotille à Paul. J'ai des voisins qui l'aiment beaucoup; ils en feront une partie avec plaisir : je ferai l'autre.

MARGUERITE.

Jusqu'à présent nous n'avons eu, mon amie et moi, qu'un cœur, qu'une volonté; c'est le bien de la famille qu'elle désire : s'il est ainsi, monsieur, faites ce qu'il vous plaira; j'y souscris d'avance.

M. DE SAINT-HILAIRE.

Je me charge avec grand plaisir de demander à M. de la Bourdonnais une permission d'embarquement pour ce voyage; mais, avant tout, il faut en prévenir Paul, et s'assurer de son consentement. Il vient : laissez-moi seul avec lui.

MADAME DE LA TOUR (*en s'en allant*).

Vous savez ma pensée, Monsieur; je n'ai pas besoin de vous en dire davantage,

SCÈNE IX.

M. DE SAINT-HILAIRE (*seul*).

Madame de la Tour ne m'a point caché l'état de Virginie, et le désir qu'elle a de gagner quelques années sur l'âge de ces jeunes gens, en les éloignant l'un de l'autre : mais ce sont des motifs que je me garderai bien de laisser soupçonner à Paul.

SCÈNE X.

M. DE SAINT-HILAIRE, PAUL (*avec des outils aratoires*).

M. DE SAINT-HILAIRE.

Comment, jeune homme, à peine arrivé d'une course aussi longue et aussi pénible; et déja vous volez à l'ouvrage?

PAUL.

Je me suis couché; mais je n'ai pu dormir. L'idée du plaisir qu'a éprouvé ma mère en me voyant, m'a délassé.

Il y a bien long-temps qu'il n'a plu dans cette île; les eaux du bain de Virginie sont basses ; je vais en recreuser le bassin : ensuite, j'irai soulager le bon Domingue, au jardin.

M. DE SAINT-HILAIRE.

Vous retrouverez toujours bien le temps de travailler : causons un moment. Vous menez une vie bien laborieuse, mon ami : je gémis de vous voir, si jeune, employé chaque jour à des ouvrages si rudes.

PAUL.

Ne m'avez-vous pas dit, mon père, que Dieu avait créé l'homme pour travailler et le servir; que les enfans étaient sur la terre pour honorer et soutenir leurs parens?

M. DE SAINT-HILAIRE.

Je vous ai dit la vérité, mon fils! et quand je ne vous la répéterais pas, vous la trouveriez au fond de votre cœur. Mais, si l'on vous offrait des moyens plus doux et cependant plus rapides pour aller à la fortune ; ne les prendriez-vous pas ?

PAUL.

Oh ! oui ; si nos mères et Virginie devaient en être plus heureuses.

M. DE SAINT-HILAIRE.

N'en doutez pas ; un peu plus d'aisance contribuerait à leur félicité. Mon ami ; il faut aller dans l'Inde. Nous vous ferons une pacotille en marchandises d'un bon débit ; vous y ferez le commerce pendant quelques années ; il vous rapportera de quoi acheter des esclaves : vous reviendrez ensuite ici, jouir tranquillement du fruit de vos travaux, et répandre sur votre famille l'abondance et la joie.

PAUL.

O mon père ! que me dites-vous ? Pourquoi voulez-vous que je quitte ma famille, pour je ne sais quel projet de fortune ? Y a-t-il un commerce au monde plus avantageux que la culture d'un champ, qui rend quelquefois cinquante et cent pour un ? Si nous voulons faire le commerce, ne pouvons-nous pas le faire en portant notre superflu d'ici à la ville, sans que j'aille courir aux Indes ?

M. DE SAINT-HILAIRE (*à part*).

Sa réponse m'embarrasse, mais elle m'enchante.

PAUL.

Nos mères me disent que Domingue est vieux et cassé ; mais moi je suis jeune, et je me renforce chaque jour. Il n'a qu'à leur arriver quelque accident pendant mon absence, surtout à Virginie, qui est déja souffrante. Oh non, non ! je ne saurais me résoudre à les quitter.

M. DE SAINT-HILAIRE (*ayant peine à contenir sa joie*).

Nous en reparlerons, mon cher Paul ; adieu ! Nous en reparlerons. (*A part en s'en allant.*) Tant de bon sens et de jugement m'étonnent à son âge.

SCÈNE XI.

PAUL, UN ESCLAVE DU GOUVERNEUR.

PAUL.

Laisser ainsi seules Virginie et nos mères ! Abandonner nos vieux serviteurs ! Quitter ce toit qui m'a vu naître, ces champs qui m'ont nourri! Fortune, ô fortune! tes dons pourraient-ils jamais effacer le souvenir d'objets si chers à mon cœur!... Mais, que vois-je? Un noir du Port-Louis!... un esclave du gouverneur!... Que cherchez-vous, mon ami?

L'ESCLAVE.

Madame de La Tour.

PAUL.

Vous êtes chez elle.

L'ESCLAVE.

Vaisseau venir de France, entrer ce matin dans port, apporter lettre pour Madame de La Tour.

PAUL.

Il suffit; donnez.

(*L'esclave s'en va*).

Ma mère!... Maman La Tour!... Virginie!... Domingue!... Marie!... Venez!... Accourez tous!... Une lettre de France!... Une lettre de France!...

SCÈNE XII.

PAUL ET TOUTE LA CASE.

PAUL.

Une lettre de France, qu'un esclave du gouverneur vient de me remettre à l'instant.

MADAME DE LA TOUR.

Timbrée de Paris!... De l'écriture de ma tante!...

(*Elle décachette vivement*).

« Paris, 2 juillet 1744.

« Ma nièce, je sors d'une grande maladie qui a mis ma vie en « danger : on craint qu'elle ne dégénère en langueur, que mon âge « rendrait peut-être incurable. Les préceptes et l'exemple de notre « divin Sauveur nous commandent l'oubli des offenses, je vous « pardonne celles que vous m'avez faites; mais à une condition: « hâtez-vous de repasser en France; ou si, comme je le crois, votre « santé ne vous permet pas de faire un si long voyage, (*Sa voix de-« vient tremblante, et sa lecture incertaine*) envoyez, à votre place, « Virginie, à laquelle je destine une bonne éducation, un parti à « la cour, et la donation de tous mes biens. (*Elle cesse un instant de lire, penche sa tête sur sa poitrine, puis continue d'un air abattu.*)

« Entendez-vous à cet effet avec M. de La Bourdonnais auquel « j'écris en même temps qu'à vous. Faites attention que j'attache le « retour de mes bontés à l'exécution rigoureuse de cet ordre ; et « songez surtout, ma nièce, que les sentimens de bienveillance que « j'ai conservés pour vous peuvent seuls m'empêcher de vous rap-« peler la trop grande part que vous avez eue au dérangement de « ma santé. Votre sort et celui de votre fille sont entre vos mains ».

ISABELLE DE SAINT-ANGE.

(*La lecture de cette lettre répand la consternation dans toute la famille. Domingue et Marie pleurent. Paul immobile d'étonnement, paraît prêt à se mettre en colère. Virginie, les yeux fixés sur sa mère, n'ose proférer un seul mot. Mme de la Tour d'un ton douloureux*),

Il y a encore quelque chose.

P. S. « Les médecins qui m'ont soignée disent qu'il me faut de « l'exercice ; qu'un voyage m'est nécessaire ; et insistent surtout pour « que j'aille respirer l'air natal. Il est donc possible, si j'ai le cou-« rage de m'y résoudre, que je sois sur mon habitation, à l'île Bour-« bon, aussitôt et peut-être avant que cette lettre ne soit entre vos « mains. J'y passerai une année ; nous rejoindrons ensuite votre fille « Virginie en France : car ceci ne change rien à mes premiers ordres, « auxquels, en tout état de cause, vous devez scrupuleusement vous « conformer, si vous ne voulez encourir de nouveau mon indigna-« tion ».

VIRGINIE.

Oh, ma mère ! me laisserez-vous arracher de vos bras.

MADAME DE LA TOUR.

Cruelle parente ! à quel prix me rendez-vous votre amitié.

MARGUERITE (*d'un ton mêlé d'inquiétude et de tendresse*).

Pourriez-vous nous quitter maintenant ?

MADAME DE LA TOUR (*avec la plus vive émotion*).

Non, mon amie ; non, mes enfans ; je ne vous quitterai point. J'ai vécu avec vous, et c'est avec vous que je veux mourir. Je n'ai connu le bonheur que dans votre amitié. Si ma santé est dérangée, d'anciens chagrins en sont cause. J'ai été blessée au cœur par la dureté de mes parens, et par la perte de mon cher époux. Mais depuis, j'ai goûté plus de consolation et de félicité avec vous, sous ces pauvres cabanes, que jamais les richesses de ma famille ne m'en ont fait même espérer dans ma patrie.

PAUL (*serrant Mme de La Tour dans ses bras*).

Je ne vous quitterai pas non plus ; je n'irai point aux Indes. Nous travaillerons tous pour vous, chère maman ; rien ne vous manquera jamais avec nous.

MADAME DE LA TOUR.

Non ; dût ma tante me retirer de nouveau ses bontés : je n'obéirai point à ses ordres rigoureux.

FIN DU SECOND ACTE.

ACTE TROISIÈME.

SCÈNE PREMIÈRE.

VIRGINIE. (*Elle vient lentement, d'un air pensif.*)

Où porté-je mes pas?... (*Elle s'assied en soupirant.*) J'erre çà et là dans les lieux les plus solitaires de l'habitation; cherchant partout du repos et n'en trouvant nulle part... Je suis agitée, je ne sais pourquoi... Alternativement gaie, triste sans sujet, depuis quelque temps je ne me connais plus... Quelquefois, si j'aperçois mon frère, je cours vers lui en folâtrant, comme aux temps heureux de notre enfance; puis tout-à-coup, près de l'aborder, un embarras subit s'empare de moi; le rouge me monte au visage; et mes yeux n'osent s'arrêter sur les siens... *Mon frère!* Que dis-je? hélas! mon cœur ne me dit que trop que je ne le vois plus comme un frère...

SCÈNE II.

PAUL, VIRGINIE.

PAUL.

Ma sœur! ta mère reste avec nous; je ne vas point aux Indes; le bonheur règne dans notre case; et cependant tes beaux yeux sont abattus. D'où vient cette langueur répandue sur tes traits, sur ton corps? Tu es toujours belle; mais la sérénité n'est plus sur ton front, ni le sourire sur tes lèvres. Tu fuis nos jeux innocens, nos doux travaux, et la société de ta famille bien aimée. La verdure couvre ces rochers; nos oiseaux chantent quand ils te voient; tout est gai autour de toi; toi seule es triste. (*Il la serre dans ses bras, elle détourne la tête.*) Je cherche à te ranimer par mes caresses, tu détournes la tête... Ma sœur!... (*Il va pour l'embrasser, elle s'échappe.*)

SCÈNE III.

PAUL, SEUL (*saisi d'étonnement et de crainte*).

Je ne puis concevoir... Quel changement!... Je ne sais... mais... Que vois-je?... des hommes à cheval!... le gouverneur suivi de deux esclaves!... Ma mère!... Maman La Tour!.. Virginie!...

SCÈNE IV.

MADAME DE LA TOUR, MARGUERITE, PAUL, VIRGINIE, M. DE LA BOURDONNAIS, UN ESCLAVE.

M. DE LA BOURDONNAIS. (*à part en entrant*).

Quelle est ma surprise!.... tout annonce la pauvreté dans cette demeure. (*En avançant sur la scène.*) Pardon, Madame, si j'ai tardé jusqu'à présent à vous rendre mes devoirs.

MADAME DE LA TOUR.

Monsieur, je n'ai jamais dû me flatter de vous recevoir sous ces humbles toits.

M. DE LA BOURDONNAIS.

Madame, vous avez bien des droits sur moi. (*Mme de La Tour remercie d'un mouvement de tête.*) Vous avez, Madame, une tante de qualité et fort riche, à Paris, qui vous réserve sa fortune, et vous attend auprès d'elle.

MADAME DE LA TOUR.

Vous avez eu la bonté de m'envoyer une lettre, dans laquelle elle me fait part de ses intentions à cet égard.

M. DE LA BOURDONNAIS.

N'y répondrez vous pas?

MADAME DE LA TOUR.

Ma santé altérée ne me permet pas d'entreprendre un si long voyage.

M. DE LA BOURDONNAIS.

Au moins, Madame, pour Melle votre fille, si jeune et si aimable, vous ne sauriez, sans injustice, la priver d'une si grande succession. Je ne vous cache pas que votre tante a employé l'autorité pour la faire venir auprès d'elle. Les bureaux m'ont écrit, à ce sujet, d'user, s'il le fallait, de mon pouvoir; mais ne l'exerçant que pour rendre heureux les habitans de cette colonie, j'attends de votre volonté seule un sacrifice de quelques années, d'où dépend l'établissement de votre fille, et le bien-être de toute votre vie. Pourquoi vient-on aux îles? N'est-ce pas pour y faire fortune? N'est-il pas bien plus agréable de l'aller retrouver dans sa patrie. (*Prenant un sac d'argent que portait son noir.*) Voilà ce qui est destiné aux préparatifs du voyage de Melle votre fille, de la part de votre tante (*et il pose le sac sur une table*).

Je ne puis que vous louer, Madame, du noble courage avec lequel vous supportez l'adversité. Cependant, souffrez que je vous fasse des reproches de ne vous être pas adressée à moi dans vos besoins.

PAUL.

Monsieur, ma mère s'est adressée à vous, et vous l'avez mal reçue.

MARGUERITE (*à demi-voix*).

Paul! que faites-vous?

M. DE LA BOURDONNAIS.

Jeune homme, quand vous aurez acquis l'expérience du monde, vous connaîtrez le malheur des gens en place; vous saurez combien il est facile de les prévenir; avez-vous un autre enfant, madame?

MADAME DE LA TOUR.

Non, monsieur; celui-ci est le fils de mon amie; mais lui et Virginie nous sont communs, et également chers.

M. DE LA BOURDONNAIS (*regardant autour de lui*).

Je ne puis, madame, me lasser d'admirer l'ordre et la propreté de votre demeure si simple et si modeste, l'union de vos deux familles charmantes. Il n'y a ici que des meubles de bois; mais on y trouve des visages sereins et des cœurs d'or.

PAUL (*charmé de la popularité du gouverneur, allant vers lui*).

Je désire être votre ami, car vous êtes un honnête homme.

M. DE LA BOURDONNAIS.

Je reçois avec plaisir cette marque de cordialité. (*Lui tendant les bras.*) Embrassons-nous. Comptez sur mon amitié. (*Se tournant vers Mme de La Tour.*) Ne pourrais-je vous entretenir en particulier?

(*Mme de La Tour fait signe à sa famille de se retirer*).

SCÈNE V.

MADAME DE LA TOUR, M. DE LA BOURDONNAIS.

M. DE LA BOURDONNAIS.

Il se présente, madame, une occasion prochaine d'envoyer votre fille en France, sur un vaisseau prêt à partir : je la recommanderai à une de mes parentes qui y est passagère. Gardez-vous, madame, d'abandonner une fortune immense, pour une satisfaction de quelques années. Votre tante ne peut pas aller loin, sa santé est fort dérangée : ses amis me l'ont mandé. Songez-y bien. La fortune ne vient pas tous les jours.

MADAME DE LA TOUR.

J'apprécie vos raisons, monsieur, et vous en remercie ; mais ne désirant désormais d'autre bonheur dans le monde que celui de ma fille, permettez que je laisse son départ pour la France entièrement à sa disposition.

M. DE LA BOURDONNAIS (*prêt à la quitter*).

Eh, bien ; consultez-la : consultez-vous : mais tous les gens de bon sens seront de mon avis.

SCÈNE VI.

LES PRÉCÉDENS, DOMINGUE.

DOMINGUE.

Un monsié officier à cheval, accourir en grand'hâte sur le chemin du Port-Louis. Li arriver.

M. DE LA BOURDONNAIS.

Mon aide-de-camp !

SCÈNE VII.

MADAME DE LA TOUR, M. DE LA BOURDONNAIS, SON AIDE-DE-CAMP.

M. DE LA BOURDONNAIS.

Qui vous amène si promptement sur mes pas ? Qu'y a-t-il ?

L'AIDE-DE-CAMP.

Melle de St-Auge vient d'entrer au Port-Louis.

MADAME DE LA TOUR.

Ma tante!

L'AIDE-DE-CAMP.

Elle-même. Obligée de revenir dans l'Inde, respirer l'air natal, pour rétablir sa santé, elle s'est embarquée le 1er août dernier sur un vaisseau de la compagnie, qui doit relâcher à l'île Bourbon : mais, passant près du Port-Louis, elle a préféré s'y faire mettre à terre, pour s'entendre avec vous, général, sur l'exécution des ordres qu'elle a donnés à madame, au sujet du départ de Melle Virginie pour la France, auquel, a-t-elle dit, je tiens absolument. Contrariée, d'abord, de ne pas vous trouver au gouvernement, elle a paru changer subitement de pensée en apprenant que vous étiez ici, et m'a vivement pressé de monter à cheval pour me rendre auprès de vous. Veuillez, général, préparer madame de la Tour ainsi que Melle sa fille à obéir à Melle de St-Ange à la première occasion qui se présentera. C'est à cette condition, a-t-elle ajouté, que je leur permets de venir m'embrasser demain au Port-Louis.

M. DE LA BOURDONNAIS.

Retournez promptement auprès de Melle de St-Ange, et assurez-la que je ne retarde à lui offrir mes respects que le temps nécessaire pour remplir ici ses intentions.

SCÈNE VIII.

MADAME DE LA TOUR, M. DE LA BOURDONNAIS.

M. DE LA BOURDONNAIS.

Prenez garde à ce que vous allez faire, madame. Votre tante paraît hautaine et d'un caractère altier. Je crains de n'être plus tout-à-fait le maître d'user de la condescendance que je vous ai promise. J'ai des ordres positifs. Si Melle de St-Ange en exige l'exécution, je ne pourrai me dispenser d'y obéir. Gardez-vous donc de l'irriter par une résistance inutile.

MADAME DE LA TOUR.

Je sens, monsieur, toute la force de votre raisonnement.

M. DE LA BOURDONNAIS.

Je vous parle dans votre intérêt et dans celui de Melle votre fille. Je me rends auprès de votre tante : que lui dirai-je?

MADAME DE LA TOUR.

Permettez-moi de consulter Virginie.

M. DE LA BOURDONNAIS.

Soit; mais ne tardez pas à vous décider. Adieu, madame.

SCÈNE IX.

MADAME DE LA TOUR (*seule.*)

Mon cœur se révolte à l'idée d'un si long voyage; je frémis à l'aspect des dangers qu'il entraîne : cependant je ne serais pas fâchée de mettre à profit cette occasion de séparer pour quelque temps Virginie et Paul; d'ailleurs, comment résister à ma tante?... Que résoudre?... Quel parti prendre?... J'aperçois ma fille; tâchons de la préparer à ce cruel départ. Étouffons, s'il est possible, les murmures de ce sein maternel.

SCÈNE X.

MADAME DE LA TOUR, VIRGINIE.

(*Virginie entre avec timidité, et lit avec inquiétude dans les yeux de sa mère qu'elle n'ose interroger.*)

MADAME DE LA TOUR.

Mon enfant, nos domestiques sont vieux; Paul est bien jeune; Marguerite vient sur l'âge; je suis déjà infirme: si j'allais mourir, que deviendriez-vous, sans fortune, au milieu de ces déserts? Vous resteriez donc seule, n'ayant personne qui pût vous être d'un grand secours, et obligée, pour vivre, de labourer la terre, comme une mercenaire. Cette idée me pénètre de douleur.

VIRGINIE.

Dieu nous a condamnés au travail. Vous m'avez appris à travailler et à le bénir chaque jour. Jusqu'à présent il ne nous a point abandonnés; il ne nous abandonnera point encore. Sa Providence veille particulièrement sur les malheureux. Vous me l'avez dit tant de fois, ma mère! Je ne saurais me résoudre à vous quitter.

MADAME DE LA TOUR.

(*Tout émue et prête à verser des larmes.*) Je n'ai d'autre désir que de te rendre heureuse, et de te marier un jour avec Paul. Songe maintenant que sa fortune dépend de toi.

VIRGINIE (*enhardie par cette confidence*).

Oh, ma mère! ce nouveau témoignage de vos bontés m'enhardit à vous confier les peines secrètes de votre malheureuse Virginie; ses combats, qui n'ont eu d'autres témoins que Dieu seul : car je vois le secours de sa Providence dans celui d'une mère tendre qui approuve mon inclination, et qui la dirigera par ses conseils. Maintenant, forte de votre appui, tout m'engage à rester auprès de vous, sans inquiétude pour le présent, et sans crainte pour l'avenir.

MADAME DE LA TOUR.

Mon enfant, je ne veux point te contraindre; délibère à ton aise : mais cache ton amour à Paul. Pourquoi ne m'as-tu pas plus tôt confié tes ennuis? Ne suis-je pas ta meilleure amie? (*Virginie lui baise la main*).

(On entendra par intervalles des coups de tonnerre lointains, et les éclairs qui brilleront deviendront plus fréquens vers la fin de la scène.)

VIRGINIE.

Cette nuit même, je ne pouvais trouver ni le sommeil ni le repos. Je me lève et m'achemine, à la clarté de la lune, vers ma fontaine. Je me plonge dans son bassin. D'abord la fraîcheur ranime mes sens; et mille souvenirs agréables se présentent à mon esprit. Je me rappelle que mon frère, reservant ce bain pour moi seule, en avait creusé le lit, couvert le fond de sable, et semé sur ses bords des herbes aromatiques. J'entrevois dans l'eau, sur mes bras nus, les reflets des deux palmiers plantés à ma naissance et à celle de mon frère, qui entrelaçaient, au dessus de ma tête, leurs rameaux verts et leurs jeunes cocos...

MADAME DE LA TOUR (*avec inquiétude*).

Hé, bien!

VIRGINIE.

Je soupire!... Je pense à l'amitié de Paul, plus douce que les parfums, plus pure que l'eau des fontaines, plus forte que les palmiers unis...

MADAME DE LA TOUR (*plus inquiète encore*).

Hé, bien!

VIRGINIE.

Je soupire encore!...

MADAME DE LA TOUR.

Fuis ces dangereux ombrages et ces eaux brûlantes...

VIRGINIE.

J'en sors effrayée!...

MADAME DE LA TOUR.

Viens auprès de ta mère chercher un appui contre toi-même.

VIRGINIE.

Souvent, voulant vous raconter mes peines, je presse vos mains dans les miennes; quelquefois le nom de Paul est prêt à sortir de ma bouche : mais mon cœur oppressé laisse ma langue sans expression; et, posant ma tête sur le sein maternel, je ne puis que l'inonder de mes larmes.

MADAME DE LA TOUR.

Mon enfant, adresse-toi à Dieu, qui dispose à son gré de la santé et de la vie. Il t'éprouve aujourd'hui pour te récompenser demain. Songe que nous ne sommes sur la terre que pour exercer la vertu.

Des coups de tonnerre se font entendre dans le lointain; les éclairs brillent de toutes parts; les nuages s'amoncellent sur l'île : tout nous présage un orage affreux. Rentrons, et réunissons-nous pour implorer la miséricorde du ciel.

FIN DU TROISIÈME ACTE. *(On baisse la toile.)*

(Un orage, réel ou supposé, dans l'entre-acte.)

ACTE QUATRIÈME.

La scène est la même, mais tout annonce l'orage qu'on vient d'essuyer. Le jardin est bouleversé par d'affreux ravins. La plupart des arbres fruitiers ont leurs racines en haut. De grands amas de sable couvrent les lisières des prairies; *le bain de Virginie* en est comblé. Cependant les deux cocotiers sont encore debout, et bien verdoyans; mais il n'y a plus aux environs, ni gazons, ni berceaux. Les bananiers même qui forment la salle de verdure entre les deux cases, portent les marques de cet affreux ouragan.

SCÈNE PREMIÈRE.

PAUL, VIRGINIE.

(*Ils entrent, Virginie tenant le bras de Paul. Elle paraît affligée à la vue de cette désolation qu'elle considère long-temps.*)

VIRGINIE.

Vous aviez apporté ici des oiseaux, l'ouragan les a tués; vous aviez planté ce jardin, il est détruit: tout périt sur la terre; il n'y a que le ciel qui ne change point.

PAUL.

Que ne puis-je vous donner quelque chose du ciel! mais je ne possède rien, même sur la terre.

VIRGINIE (*en rougissant.*)

Vous avez à vous le portrait de saint Paul.

PAUL.

(*Il le détache vivement de son cou, et le lui présente.*) Ma mère le porta long-temps suspendu à son cou, étant fille; devenue mère, elle le mit au mien, le jour de ma naissance: depuis il ne m'a pas quitté. Il ne m'a jamais été plus cher qu'aujourd'hui.

VIRGINIE (*avec émotion*).

Mon frère, il ne me sera point enlevé tant que je vivrai; et je n'oublierai jamais que tu m'as donné la seule chose que tu possédasses au monde. (*A ce retour de familiarité et de tendresse il va pour l'embrasser; elle le retient du bras.*) L'orage est passé, mon frère; retournons au travail.

PAUL.

J'y vole, ma sœur. (*Il se retire lentement; puis se retournant.*) Adieu! Virginie. (*Se retournant encore.*) Adieu! (*Il lui envoie un baiser.*)

VIRGINIE.

Adieu! Paul.

SCÈNE II.

VIRGINIE (*seule*).

Mon Dieu! si nos cœurs n'ont pas cessé d'être purs; si le sentiment qui les anime n'est pas criminel à vos yeux: répandez sur nous vos bénédictions: permettez que notre mutuel attachement trouve grace devant vous; et que, par une sainte union, il devienne la source de notre bonheur et de celui de nos mères.

SCÈNE III.

MADAME DE LA TOUR, VIRGINIE.

MADAME DE LA TOUR.

(*Elle vient lentement, considère les ravages; apercevant sa fille, elle va vers elle.*) Ce jardin, ces vergers, naguère l'image du printemps, n'offrent plus que celle de la mort. Dans un instant tout a été détruit. Ainsi Dieu, mon enfant, se plaît, dans sa profonde sagesse, à renverser nos desseins. Quelle que soit la rigueur de ses arrêts, c'est à nous de nous y soumettre; et nous devons même, faibles créatures que nous sommes, le bénir dans les afflictions qu'il nous envoie.

(*Intimidée par cet exorde, Virginie ose à peine lever des yeux inquiets sur sa mère.*)

Ma santé m'oblige de rester ici; mais vous, ma fille, vous n'avez point d'excuse. Il faut obéir à la Providence, à ses parens. C'est un sacrifice, mais c'est l'ordre de Dieu. Il s'est dévoué pour nous; il faut, à son exemple, se dévouer pour le bien de sa famille.

VIRGINIE (*les yeux humides, et d'une voix tremblante*).

Si c'est l'ordre de Dieu, je ne m'oppose à rien. (*Se jetant dans les bras de sa mère en pleurant.*) Ma mère!...

MADAME DE LA TOUR (*aussi en pleurant.*)

Ma fille!...

SCÈNE IV.

MADAME DE LA TOUR, VIRGINIE, M. DE SAINT-HILAIRE (*sortant de chez Marguerite*).

MADAME DE LA TOUR (*d'un ton douloureux*).

Le gouverneur est venu ici.

M. DE SAINT-HILAIRE (*d'un ton froid et sérieux*).

Je le sais.

MADAME DE LA TOUR.

Ma tante est au Port-Louis.

M. DE SAINT-HILAIRE.

Oui, madame.

MADAME DE LA TOUR.

Vous savez ce qui se passe?

M. DE SAINT-HILAIRE.

Votre amie vient de m'en instruire.

MADAME DE LA TOUR.

Paul vient; préparez-le, monsieur, à cette douloureuse séparation : je vous en prie : c'est le plus grand service que vous puissiez nous rendre à tous.

(*Elle se retire avec sa fille. Virginie, en s'en allant, se retourne plusieurs fois, comme pour implorer la pitié de M. de Saint-Hilaire.*)

SCÈNE V.

M. DE SAINT-HILAIRE (*seul*).

Insensés que nous sommes! Nous foulons aux pieds les avantages réels de la nature, pour suivre, à travers mille dangers, les illusions de la fortune : nous allons chercher hors de nous, ce que nous pourrions trouver chez nous : puis nous accusons le sort des suites, trop souvent funestes, des faux calculs que nous avons faits.

SCÈNE VI.

M. DE SAINT-HILAIRE, PAUL.

PAUL (*rempli d'une tristesse sombre*).

Je croyais Virginie et sa mère ici ?

M. DE SAINT-HILAIRE.

Elles me quittent à l'instant.

PAUL.

On médite quelque chose contre moi, puisqu'on se cache de moi. (*En pleurant.*) Ma sœur s'en va, je le vois bien. Mon père ! employez votre crédit sur l'esprit de sa mère et de la mienne, pour la retenir : par pitié !

M. DE SAINT-HILAIRE.

J'y consens, mon ami; puissent mes représentations n'être pas sans effet.

SCÈNE VII.

LES PRÉCÉDENS, MARGUERITE.

M. DE SAINT-HILAIRE.

(*Bas à Marguerite.*) Laisserez-vous consommer le malheur de vos enfans ?

MARGUERITE.

Hélas, monsieur! que pourraient mes conseils contre l'idée d'une grande fortune, pour laquelle madame de La Tour était née? Que pourraient mes raisons naturelles contre les préjugés du monde, que mon amie n'a point encore oubliés ? L'arrivée imprévue de mademoiselle de Saint-Ange au Port-Louis, est un fâcheux contre-temps.

M. DE SAINT-HILAIRE.

Il faut, madame, il faut absolument vous réunir à moi pour empêcher le départ de Virginie.

MARGUERITE.

Je désire ardemment le succès de vos efforts; mais je compte peu sur les miens.

(*M. de Saint-Hilaire entre chez madame de La Tour*).

SCÈNE VIII.

MARGUERITE, PAUL.

MARGUERITE.

Pourquoi, mon fils, te nourrir de fausses espérances qui rendent les privations encore plus amères? Il est temps que je te découvre des faits qu'il t'importe de connaître. Si mademoiselle de La Tour appartient, par sa mère, à une parente riche et de grande condition : toi, tu n'es que le fils d'une pauvre paysanne. Fruit d'un hymen malheureux contracté malgré mes parens dont je n'écoutai pas assez les sages conseils, tu n'as jamais connu ton père, qui eut la lâcheté de m'abandonner, enceinte de toi, après quelques mois de mariage. Mon imprudence t'a privé de ta famille paternelle, et mon désespoir, de ta famille maternelle; infortuné, tu n'as que moi seule dans le monde. (*Elle pleure.*)

PAUL (*la serrant dans ses bras*).

Oh, ma mère! puisque je n'ai d'autres parens que vous dans le monde, je vous en aimerai davantage. Mais quel secret venez-vous de me révéler? Je vois maintenant la raison qui éloigne de moi mademoiselle de La Tour, depuis quelque temps, et qui la décide aujourd'hui à partir. Ah, sans doute elle me méprise!

MARGUERITE.

Non, mon fils, elle ne te méprise point; elle obéit à ses parens. (*lui montrant Virginie qui vient.*)... Paul, voilà la victime!... Mon fils! garde-toi d'agraver sa douleur... c'est ta mère qui t'en prie. (*Elle s'en va*).

SCÈNE IX.

PAUL, VIRGINIE, LES MÈRES, M. DE SAINT-HILAIRE.

Les mères et le voisin n'entrent que vers le milieu de cette scène, qui se termine presque à la nuit.

(*Virginie vient lentement s'asseoir sur le banc qui est devant la case de sa mère, et n'aperçoit Paul que lorsqu'il vient à elle. Son maintien est triste et abattu*).

PAUL.

Mademoiselle, vous partez, dit-on, dans trois jours. Vous ne craignez pas de vous exposer aux dangers de la mer... de la mer, dont vous êtes si effrayée!

VIRGINIE.

Il faut que j'obéisse à mes parens, à mon devoir.

PAUL.

Vous nous quittez pour une parente éloignée que vous n'avez jamais vue.

VIRGINIE.

Hélas! je voulais rester ici toute ma vie; ma mère ne l'a pas voulu. Elle m'a dit que la volonté de Dieu était que je partisse; que la vie était une épreuve... Oh! c'est une épreuve bien dure!

PAUL.

Quoi? tant de raisons vous ont décidée, et aucune ne vous a retenue! ah! il en est encore que vous ne me dites pas. La richesse à de grands attraits. Vous trouverez bientôt dans un nouveau monde à qui donner le nom de frère que vous ne me donnez plus. Vous le choisirez, ce frère, parmi des gens dignes de vous, par une naissance et une fortune que je ne puis vous offrir. (*Elle lève les yeux au ciel, soupiré, et garde le silence*). Pour être plus heureuse, où voulez-vous aller? dans quelle terre aborderez-vous qui vous soit plus chère que celle où vous êtes née? comment vivrez-vous sans les caresses de votre mère, auxquelles vous êtes si accoutumée? Que deviendra-t-elle elle-même, déjà sur l'âge, lorsqu'elle ne vous verra plus à ses côtés, à table, dans la maison, à la promenade où elle s'appuyait sur vous? que deviendra la mienne qui vous chérit autant qu'elle? que leur dirai-je à l'une et à l'autre, quand je les verrai pleurer de votre absence? je ne vous parle point de moi: mais que deviendrai-je moi-même, quand le matin je ne vous verrai plus avec nous, et que la nuit viendra sans nous réunir; quand j'apercevrai ces deux palmiers plantés à notre naissance, et si longtemps témoins de notre amitié mutuelle?...

VIRGINIE (*avec émotion*).

Paul!... oh Paul!...

PAUL.

Ah! puisqu'un nouveau sort te touche, que tu cherches d'autres pays que ton pays natal, d'autres biens que ceux de mes travaux, laisse-moi t'accompagner sur le vaisseau où tu pars. Je te rassurerai dans les tempêtes qui te donnent tant d'effroi sur la terre. Je reposerai ta tête sur mon sein; je réchaufferai ton cœur contre le mien; et en France, où tu vas chercher de la fortune et de la grandeur, je te servirai comme ton esclave...

VIRGINIE (*avec la plus vive émotion*).

Mon ami!... mon frère!...

PAUL.

Et dans ces hôtels où je te verrai servie et adorée, heureux de ton seul bonheur, je ne veux que celui de mourir à tes pieds... (*Les sanglots étouffent sa voix*).

Les mères et le voisin entrent lentement vers le fond du théâtre et vont s'asseoir assez loin pour ne pas pouvoir entendre les enfans, à moins que ceux-ci ne parlent très haut. — Les gestes du voisin indiquent leur conversation.

(*La rampe à demi baissée.*)

VIRGINIE (*avec la plus vive émotion*).

C'est pour toi et pour nos mères, que je pars...; pour toi que j'ai vu chaque jour courbé par le travail pour nourrir deux familles infirmes. Si je me suis prêtée à l'occasion de devenir riche, c'est pour te rendre mille fois le bien que tu nous a fait. Est-il une fortune digne de ton amitié? Que me dis-tu de ta naissance? ah! s'il m'était encore permis de me donner un frère, en choisirais-je un autre que toi? O Paul! tu m'es beaucoup plus cher qu'un frère. Combien m'en a-t-il coûté pour te repousser loin de moi? Je voulais que tu m'aidasses à me séparer de moi-même, jusqu'à ce que le ciel pût bénir notre union: fille sans vertu! j'ai pu résister à tes caresses et ne puis soutenir ta douleur!

PAUL. (*Il la saisit dans ses bras, et la tenant étroitement serrée, il s'écrie d'une voix terrible:*)

Je pars avec elle! rien ne pourra m'en détacher.

(*A ces mots, les mères et le voisin accourent vers lui.*)

MADAME DE LA TOUR.

Mon fils! si vous nous quittez, qu'allons-nous devenir?

PAUL (*en tremblant*).

Mon fils!... mon fils!... vous ma mère!... vous! qui séparez le frère d'avec la sœur. Tous deux, élevés sur vos genoux, nous avons appris de vous à nous aimer; tous deux, nous nous le sommes dit mille fois. Et maintenant vous l'éloignez de moi! vous l'envoyez en Europe, dans ce pays barbare qui vous a refusé un asile, et chez des parens cruels qui vous ont vous-même abandonnée!...

VIRGINIE.

Oh, mon ami! j'atteste les plaisirs de notre premier âge, tes maux les miens, et tout ce qui doit lier à jamais deux infortunés; si je reste, de ne vivre que pour toi; si je pars, de revenir un jour pour être à toi.

PAUL.

Elle est tout pour moi; ma richesse, ma famille, tout mon bien: je n'en connais plus d'autre. Nous n'avons eu qu'un toit, qu'un berceau; nous n'aurons qu'un tombeau. Si elle part, il faut que je la suive. Si le gouverneur m'en empêche, je me jetterai à la mer; je la suivrai à la nage. La mer ne saurait m'être plus funeste que la terre. Ne pouvant vivre ici près d'elle, au moins je mourrai sous ses yeux loin de vous...

M. DE SAINT-HILAIRE (*saisissant Paul dans ses bras*).

Paul!... ô ciel!... que faites-vous?... le désespoir vous égare!

PAUL (*toujours à madame de La Tour*).

...Mère barbare!... femme sans pitié! puisse cet Océan, où vous l'exposez, ne jamais vous la rendre! Puissent ses flots vous rapporter mon corps, et le roulant avec le sien parmi les cailloux de ces rivages, vous donner, par la perte de vos deux enfans, un sujet éternel de douleur! (*Il s'arrache des bras de M. de Saint-Hilaire et disparaît.*)

MADAME DE LA TOUR (*hors d'elle*).

Je n'y puis plus tenir; mon ame est déchirée : ce malheureux voyage n'aura pas lieu. Monsieur, tâchez d'emmener mon fils; après une aussi pénible journée, chacun de nous a besoin de repos.

FIN DU QUATRIÈME ACTE.

ACTE CINQUIÈME.

La scène est dans une forêt. On voit dans le lointain, à gauche du spectateur, une petite habitation qui est celle du voisin. En face du spectateur, sur un plan plus raproché, est une montagne hérissée de rochers amoncelés. Sur le devant est une vaste salle de verdure, formée par les arbres de la forêt. A droite du spectateur, la montagne se fond dans le lointain au bout duquel on aperçoit confusément la mer. De ce même côté, le flanc de la montagne est coupé par un chemin qui mène à la mer qui est derrière.

(*Le jour ne commence qu'à paraître.*)

SCÈNE PREMIÈRE.

M. DE SAINT-HILAIRE.

(*Il vient à pas lents, s'asseoir sur un banc de gazon, au pied de la montagne*).

Oui, sans doute; après le rare avantage de trouver une compagne qui nous soit bien assortie, l'état le moins malheureux de la vie, c'est d'être seul. La solitude ramène l'homme au bonheur naturel, en éloignant de lui les malheurs de la société. Dans la solitude, notre ame, libre des illusions qui l'égaraient dans le tourbillon du monde, reprend le sentiment simple d'elle-même, de la nature et de son auteur. Plus je considère ce qui se passe autour de moi, plus je rentre en moi-même, et plus je m'affermis dans cette idée. Je vis seul, sans femme, sans enfans et sans esclaves; rien ne trouble le calme et l'harmonie qui règnent au fond de mon cœur. La famille de Paul et de Virginie ne tient, pour ainsi dire, aux hommes, à la société, que par une parente dont un océan immense la sépare; et voilà que les passions des hommes, les orages de la société, franchissent les mers et s'amoncellent sur cette famille naguère si heureuse au millieu de ces déserts. (*Après un moment de silence.*) Il me semble entendre quelqu'un... n'est-ce pas Domingue?

SCÈNE II.

M. DE SAINT-HILAIRE, DOMINGUE (*passant rapidement.*)

M. DE SAINT-HILAIRE.

Domingue?

DOMINGUE.

Ah! c'est vous, Monsié?

M. DE SAINT-HILAIRE.

Oui; Paul m'a quitté bien avant le point du jour.

DOMINGUE.

Moi aller chez vous.

M. DE SAINT-HILAIRE.

Qu'y a-t-il?

DOMINGUE.

Ah! Monsié... grand malheur... jeune maîtresse... (*Les pleurs l'interrompent.*)

M. DE SAINT-HILAIRE.

Eh bien?

DOMINGUE.

Être partie cette nuit.

M. DE SAINT-HILAIRE.

Partie !!!...

DOMINGUE.

Monsié le gouverneur et tante méchante venir avec quatre nègres qui l'emporter dans bras.

M. DE SAINT-HILAIRE (*à part*).

L'infortunée!... mère imprudente!

DOMINGUE.

Jeune maître, quand savoir çà, en entrant dans case, traverser habitation sans parler, et courir au port. Pas revenir encore.

M. DE SAINT-HILAIRE.

Il vient à grands pas. Retourne promptement auprès de ces dames; dis leur que, quoi qu'il arrive, je ne le quitterai pas; et que je les attends ici, au pied de la montagne qui domine l'île d'Ambre. Cours.

SCÈNE III.

M. DE SAINT-HILAIRE, PAUL.

PAUL (*se jetant dans les bras de M. de Saint-Hilaire*).

Mon père!... elle est partie!...

M. DE SAINT-HILAIRE.

Elle est partie!

PAUL.

Je ne la verrai plus!

M. DE SAINT-HILAIRE.

Vous la reverrez, mon fils.

PAUL.

Non; je ne la verrai plus!...

M. DE SAINT-HILAIRE.

Mon fils, écoutez-moi, qui suis votre ami; et qui au milieu de vos espérances, ai souvent tâché de fortifier votre raison contre les accidens de la vie. Votre malheur est grand, sans doute; il vous sépare de la plus aimable des filles; qui sera la plus digne des femmes: qui voulait sacrifier ses intérêts aux vôtres, et vous préférait à la fortune, comme la seule récompense digne de sa vertu...

PAUL.

Elle est partie!...

M. DE SAINT-HILAIRE.

Oui, elle est partie. Mais, si elle fût restée, elle était sans bien et déshéritée; vous n'aviez désormais à partager avec elle que votre seul travail. Quand elle vous aurait donné des enfans, ses peines et les vôtres auraient augmenté, par la difficulté de soutenir de vieux parens et une famille naissante. Plus courageuse par son malheur même, vous l'auriez vue chaque jour succomber, en s'efforçant de partager vos fatigues.

PAUL.

Je ne la verrai plus.

M. DE SAINT-HILAIRE (*d'un ton un peu plus ferme, qui fasse sentir l'ascendant de la vertu*).

Mon fils! Dieu donne à la vertu tous les événemens à supporter, pour faire voir qu'elle seule peut en faire usage, et y trouver du bonheur et de la gloire. Rappelez votre courage. Celle que vous pleurez a obéi à la voix de ses parens; elle s'est soumise à la nécessité: imitez-la... allons, mon ami; allons retrouver vos mères qui gémissent de votre absence.

PAUL.

Je ne pourrais retourner auprès d'elles que pour expirer à leurs pieds.

(*On entendra par intervalles des coups de canon lointains.*)

M. DE SAINT-HILAIRE.

Quoi! vous les quitteriez?

PAUL.

Ne m'avez-vous pas, vous-même, donné le conseil de passer aux Indes?

M. DE SAINT-HILAIRE.

Virginie était ici alors: mais vous êtes maintenant l'unique soutien de votre mère et de la sienne.

PAUL.

Virginie leur fera du bien par sa riche parente.

M. DE SAINT-HILAIRE.

Les riches n'en font guère qu'à ceux qui leur font honneur dans le monde.

PAUL.

Quel pays que l'Europe! mon père! apprenez-moi du moins si elle m'aimera encore au milieu des grandeurs.

M. DE SAINT-HILAIRE.

Oh, mon fils! je suis sûr qu'elle vous aimera par plusieurs raisons, mais surtout parce qu'elle a de la vertu.

PAUL (*pénétré de joie et de gratitude, il se jette dans les bras de M. de Saint-Hilaire.*)

O mon père! il est aisé de juger, à la sagesse qui règne dans vos discours, que vous avez acquis une grande expérience. Vos paroles portent la consolation et la paix au fond de mon cœur affligé, et rendent le courage et la force à mon ame abattue. Je m'abandonne à vous, mon père; apprenez-moi, par vos sages conseils, à supporter l'absence de Virginie; rendez-moi digne d'obtenir son cœur et sa main, si jamais le ciel pitoyable la ramène au milieu de nos déserts.

SCÈNE IV.

LES PRÉCÉDENS, UN NOIR (*qui marche à grands pas*).

M. DE SAINT-HILAIRE.

Quelqu'un s'avance vers nous à grands pas : (*au noir.*) D'où venez-vous? où allez-vous en si grande hâte?

LE NOIR.

Venir du quartier de la *Poudre d'Or* : aller au port, avertir gouverneur que vaisseau mouiller sous *île d'Ambre;* li demander secours, car mer être mauvaise beaucoup. (*Il continue sa route*).

M. DE SAINT-HILAIRE.

J'aperçois vos mères qui s'avancent vers nous. Mon ami! modérez-vous. N'oubliez pas les conseils que je vous ai donnés, et la promesse que vous m'avez faite.

SCÈNE V.

M. DE SAINT-HILAIRE, PAUL, MADAME DE LA TOUR, MARGUERITE, DOMINGUE, MARIE.

PAUL (*d'un ton de reproche dès qu'il aperçoit Madame de la Tour*).

Cruelle! vous m'avez trompé.

MARGUERITE.

Non, mon fils; on ne t'a point trompé. Le vent s'étant levé entre une et deux heures du matin, le vaisseau étant au moment d'appareiller, le gouverneur, suivi d'une partie de son état major, et accompagné de mademoiselle de Saint-Ange, est venu chercher Virginie et l'arracher de nos bras.

MADAME DE LA TOUR (*d'un ton d'abattement*).

Malgré mes raisons, mes larmes, celles de mon amie, tout le monde criant que c'était pour notre bien à tous, ils ont emmené ma fille à demi mourante.

PAUL.

Au moins si je lui avais fait mes adieux, je serais tranquille à présent. Je lui aurais dit: « Virginie, si pendant le temps que nous « avons vécu ensemble il m'est échappé quelque parole qui vous ait

« offensée, avant de me quitter pour jamais, dites-moi que vous me « la pardonnez. » Je lui aurais dit : « Puisque je ne suis plus destiné « à vous revoir, adieu! ma chère Virginie; adieu! vivez loin de moi « contente et heureuse. » (*Voyant sa mère et madame de La Tour pleurer.*) Cherchez maintenant quelque autre que moi pour essuyer vos pleurs.

M. DE SAINT-HILAIRE.

Que faites-vous, mon ami? Pourquoi donc augmenter ainsi la douleur de vos mères par votre désespoir?

MADAME DE LA TOUR (*avec le ton de la plus vive tendresse*).

Mon fils!... mon gendre!... (car c'est à toi que je destine ma fille) par pitié!... calme-toi!... n'aggrave pas tes peines et les nôtres.

PAUL.

(*Calmé par ces paroles, il tend les bras à madame de La Tour.*)

Ma mère!... embrassez votre fils.

SCÈNE VI.

LES PRÉCÉDENS, TROIS HABITANS PASSANT.

(*Les coups de tonnerre deviendront de plus en plus fréquens jusqu'à ce que l'orage éclate.*)

UN HABITANT.

J'entends des coups de tonnerre dans le lointain; reposons-nous ici : s'il vient un orage, nous nous mettrons à l'abri sous ces rochers.

M. DE SAINT-HILAIRE (*à sa compagnie*).

Ma case est près d'ici, allons nous y réfugier. (*Ils s'apprêtent à partir.*)

UN AUTRE HABITANT (*répondant au dire du premier*).

Ce sont des coups de canon répétés par les échos.

LE TROISIÈME HABITANT.

Dans ce cas, ce sont les signaux de détresse d'un vaisseau; (*à ces mots la compagnie de M. de Saint-Hilaire se retourne et s'arrête pour écouter ce que dit l'habitant*) car le bâtiment qui a mis à la voile cette nuit pour la France, trouvant la mer trop mauvaise, cherchait à rentrer dans le port au point du jour. (*A ces mots chacun des membres de la famille témoigne la plus vive inquiétude.*)

SCÈNE VII.

LES PRÉCÉDENS, M. DE LA BOURDONNAIS *suivi d'une partie de son état major, d'un détachement de soldats, d'habitans et de noirs, et accompagné de mademoiselle* DE SAINT-ANGE.

M. DE LA BOURDONNAIS (*au commandant du détachement*).

Gagnez la mer par le flanc de la montagne; longez la côte, et dirigez votre troupe vers le point d'où partent les coups de canons; placez ensuite vos soldats sur le rivage, et faites feu de toutes les armes à la fois. Allez (*Le détachement disparaît.*) (*A un officier de sa suite.*) Vous, faites allumer des feux de distance en distance sur la grève, et envoyez chez tous les habitans du voisinage, chercher des vivres, des planches, des cables, des tonneaux vides. (*L'officier disparaît avec quatre noirs.*)

MADEMOISELLE DE SAINT-ANGE (*allant vers madame de La Tour*).

Ma nièce, je désirais votre bonheur et celui de votre fille; Dieu m'en est témoin. (*Madame de La Tour ne répond rien.*)

UN ANCIEN HABITANT.

Monsieur, on a entendu toute la nuit des bruits sourds dans la montagne; dans les bois, les feuilles des arbres remuent sans qu'il fasse de vent; les oiseaux de marine se réfugient à terre: certainement tous ces signes annoncent un nouvel ouragan.

M. DE LA BOURDONNAIS.

Hé bien! mes amis; tout ce que nous pouvons faire, c'est de nous y préparer; le vaisseau en fait sûrement autant de son côté. (*S'adressant à Paul et lui tendant la main.*) Mon ami... (*Paul retire la sienne et détourne la tête. Au même instant, on entend la décharge des soldats, suivie presque aussitôt d'un coup de canon du vaisseau, à peu de distance du lieu de la scène. Au coup de canon Paul jette un cri et part comme un éclair; M. de Saint-Hilaire et Domingue le suivent.*) (*à madame de La Tour qui veut aller au secours de sa fille.*) Où voulez-vous aller?

MADAME DE LA TOUR.

Secourir ma fille ou mourir avec elle.

M. DE LA BOURDONNAIS.

Je ne le souffrirai point... j'ignore moi-même encore où je dois porter mes pas... je suis là... je veille à tout... tranquillisez-vous... restez ici... nous viendrons vous y rejoindre... (*S'approchant de *mademoiselle de Saint-Ange: bas.*) Au nom de l'humanité! ne souffrez pas que ces infortunées s'approchent d'un rivage où tout nous menace du plus grand des malheurs.

SCÈNE VIII.

LES TROIS PREMIERS HABITANS, MADAME DE LA TOUR, MARGUERITE, MADEMOISELLE DE SAINT-ANGE, MARIE.

LE DEUXIÈME HABITANT (*au troisième habitant*).

Le vaisseau, disiez-vous, cherchait à rentrer dans le port.

LE TROISIÈME HABITANT.

Oui; mais il a été forcé de se remettre au large.

LE DEUXIÈME HABITANT.

C'est donc ce vaisseau que j'ai vu en pleine mer, porté sur l'île par les courans. Il tirait du canon pour demander du secours; mais la mer était si mauvaise qu'on n'aura pu mettre aucun bateau dehors pour aller à lui. Il est à craindre que ce vaisseau...

(Les éclats du tonnerre, les sifflemens du vent et les éclairs qui se croisent redoublent avec fureur.—les trois habitans se jettent l'un sur l'autre—Madame de La Tour tombe évanouie entre les bras de sa négresse Marie qui lève les yeux au ciel: Marguerite, abîmée dans sa douleur, est penchée sur madame de La Tour dont elle n'aperçoit même pas l'évanouissement.—Mademoiselle de Saint-Ange les bras tendus; la bouche béante, les yeux hagards, paroît au comble de la frayeur.—Les coups de canons du vaisseau, qu'on avait entendus jusqu'alors à mi-portée, cessent tout-à fait.—L'orage diminue graduellement. Après un instant de silence, l'habitant reprend son discours à mi-voix.)

(*On lève la rampe.*)

....il est à craindre que ce vaisseau, venu si près du rivage, n'ait passé entre la terre et la petite île d'Ambre, prenant celle-ci pour le Coin-de-Mire, près du quel passent les vaisseaux qui arrivent au port Louis... (*Madame de La Tour commence à reprendre ses sens: le troisième habitant, qui s'en aperçoit, fait signe au deuxième habitant de changer de conversation. Celui-ci, qui ne le comprend pas, continue.*)... si cela est, ce que je ne puis toutefois affirmer, ce vaisseau est dans le plus grand péril.

LE TROISIÈME HABITANT (*d'un ton d'impatience de ce que ses signes n'ont pas été compris.*)

J'ai traversé plusieurs fois le canal qui sépare l'île d'Ambre de la côte; je l'ai sondé; la tenure et le mouillage en sont très bons, et le vaisseau y est en parfaite sûreté comme dans le meilleur port. J'y mettrais toute ma fortune, et j'y dormirais aussi tranquillement qu'à terre.

LE PREMIER HABITANT.

Il est impossible que le vaisseau ait pu entrer dans ce canal, où à peine les chaloupes peuvent naviguer. Je l'ai vu mouiller (car c'est le même sans doute) au delà de l'île d'Ambre; en sorte que si le vent venait à se calmer, il serait le maître de pousser au large ou de gagner le port. (*L'orage cesse tout-à-fait.*)

SCÈNE IX.

LES PRÉCÉDENS, M. DE SAINT-HILAIRE.

(*M. de Saint-Hilaire vient lentement, les yeux en terre, un mouchoir dans ses mains.*)

MADAME DE LA TOUR (*tendant les bras vers M. de Saint-Hilaire.*)

Où est ma fille?... ma chère fille!... mon enfant!... (*Ne pouvant douter de son malheur, au silence de M. de Saint-Hilaire, qui ne répond rien, elle lève au ciel des yeux humides, et pousse un profond soupir; elle retombe assise sans force entre les bras de Marie.*)

MARGUERITE.

Où est mon fils?... je ne vois point mon fils...

M. DE SAINT-HILAIRE.

La mort n'a point encore exercé sa furie sur lui.

A peine nous étions aux bords de la mer, des bruits épouvantables se sont fait entendre; comme si des torrens d'eau, mêlés à des tonnerres, eussent roulé du haut des montagnes; et dans l'instant un tourbillon affreux de vent a enlevé la brume qui couvrait l'île d'Ambre et son canal. Le vaisseau a paru alors à découvert, avec son pont chargé de monde, ses vergues et ses mâts de hune amenés sur le tillac, son pavillon en berne, quatre câbles sur son avant, et un de retenue sur son arrière. Il était mouillé entre l'île d'Ambre et la terre, en deçà de la ceinture de récifs qui entoure notre île, et qu'il avait franchie par un endroit où jamais vaisseau n'avait passé. Dans les balancemens qu'il éprouvait, ce qu'on craignait est arrivé. Les câbles ont rompu, et il a été jeté sur les rochers, à une demi-encablure du rivage. Un cri de douleur s'est fait entendre parmi nous. Paul se précipitait lorsque je l'ai saisi par le bras: *Mon fils! voulez-vous périr? — Que j'aille à son secours, ou que je meure:* et s'arrachant de mes bras, il s'est élancé à la mer. Le désespoir lui ôtait la raison: pour prévenir sa perte, Domingue et moi lui avons jeté une longue corde qu'il s'est attachée à la ceinture. Paul, tantôt nageant, tantôt marchant sur les récifs, s'avance vers le vaisseau que la mer entr'ouvait par d'horribles secousses. Tout l'équipage, désespérant de son salut, se précipite en foule à la mer, sur des vergues, des planches, des tables et des tonneaux. Alors se présente à nos yeux un objet digne d'une éternelle pitié. Une jeune personne paraît dans la galerie de la poupe du vaisseau, tendant les bras vers celui qui faisait tant d'efforts pour la joindre: *c'était Virginie.* Elle avait reconnu son amant à son intrépidité. La vue de cette fille intéressante, exposée à un si terrible danger, nous remplit de douleur et de désespoir. Pour elle, avec le calme de la résignation, elle nous faisait signe de la main, comme nous disant un éternel adieu. Tous les matelots s'étaient jetés à la mer. Il n'en restait plus qu'un sur le pont. Il était nu jusqu'à la ceinture. Il s'approche de Virginie avec respect, se jette à ses genoux, et s'efforce même de lui ôter ses habits; mais, le repoussant avec dignité, elle détourne de lui sa vue. Dans ce moment, une montagne d'eau d'une effroyable grandeur, s'engouffrant entre l'île d'Ambre et la côte, s'avance en rugissant vers le vaisseau. A cette terrible vue, le matelot se jette seul à la mer. Virginie, voyant la mort inévitable, pose une main sur ses habits, l'autre sur son cœur, et levant en haut des yeux sereins, paraît un ange qui s'élance dans l'éternité. O jour affreux; hélas! tout est englouti! ainsi périt cette illustre victime de la pudeur et de la piété filiale. Cependant nous sommes parvenus à retirer des flots le malheureux Paul, sans connaissance; le gouverneur en fait prendre soin: Domingue est auprès de lui. Pour moi, doutant, pour ainsi dire, par une fin aussi funeste d'une fille si vertueuse, s'il existe une providence, je suis venu vous informer de ce douloureux événemen dont j'emporterai l'affreux souvenir au tombeau.

SCÈNE X.

LES PRÉCÉDENS, UN OFFICIER DE LA SUITE DU GOUVERNEUR.

L'OFFICIER (*à M. de Saint-Hilaire à demi-voix*).

La mer vient de jeter sur la grève le corps de l'infortunée Virginie. Dans sa main gauche, appuyée fortement sur son cœur, était une petite boîte que voici. (*Il la donne à M. de Saint-Hilaire.*)

M. DE SAINT-HILAIRE (*ouvrant la boîte.*)

(*Aussi à demi-voix*). Le portrait de son amant!... qu'elle lui avait promis de ne jamais abandonner tant qu'elle vivrait!... que de constance et d'amour!

L'OFFICIER (*toujours à demi-voix.*)

Le malheureux Paul, qui touche à son heure dernière, se fait apporter ici. Il veut mourir dans les bras de sa mère. Il vient.

SCÈNE XI.

LES PRÉCÉDENS, PAUL *mourant*, PORTÉ PAR QUATRE NOIRS SUR UN BRANCARD, DOMINGUE.

MARGUERITE (*allant vers son fils, les bras tendus.*)

Mon fils!... mon cher fils!...

PAUL (*se soutenant assis, appuyé sur Domingue.*)

(*A mademoiselle de Saint-Ange.*) Hé bien, mademoiselle!... êtes-vous satisfaite?... applaudissez-vous des heureux que vous avez faits... (*à madame de La Tour*) et vous, madame, goûtez maintenant... les fruits amers... de vos projets... de grandeur... et de fortune... (*Madame de La Tour lève lentement la tête, comme si elle se réveillait d'un profond assoupissement, tend les bras au ciel, pousse un cri lamentable et sourd, et repose douloureusement sa tête sur Marie.*) Pardonnez... je m'égare... je voulais... (*à sa mère*) Ma mère!... donnez... votre main. (*Il la prend, et, d'un mouvement incertain, la pose sur son cœur.*)

MARGUERITE (*se penchant sur lui*).

Mon fils!..,

PAUL (*d'une voix éteinte*).

Ma mère...

M. DE SAINT-HILAIRE.

Il expire!

FIN DE PAUL ET VIRGINIE.

WERTHER,

DRAME.

PRÉFACE DE L'AUTEUR.

Le sujet de ce drame n'est point une fiction : le fils d'un savant théologien de Brunswick, est, dit-on, celui à qui une trop malheureuse passion pour une dame de Wetzlar causa une fin si tragique ; et un ancien ami, dont le témoignage est pour moi d'un grand poids, m'a assuré avoir vu cette dame à Brunswick en 1784 ou 1785 ; elle pouvait avoir alors quarante ans. On sait qu'un auteur allemand (le célèbre Goëthe), a publié, sur cette événement, une histoire touchante qui suffirait seule pour fonder une réputation littéraire durable, si la sienne n'était, d'ailleurs, appuyée sur une foule d'autres productions du premier ordre, comme celle-ci. J'ai suivi cette histoire aussi exactement qu'il m'a été possible de le faire ; j'en ai même conservé la physionomie étrangère, autant que nos traditions et nos mœurs théâtrales françaises pouvaient s'y prêter. Il serait difficile, sans doute, de s'égarer avec un tel guide ; mais aussi comment soutenir la comparaison aux yeux de ceux qui ont lu Werther ? et, qui ne l'a pas lu ? quoi qu'il en soit, ce sujet étant éminemment dramatique, si je n'ai pas su intérresser, ce sera ma faute [1].

[1] J'ai ouï dire qu'un de nos plus célèbres auteurs tragiques (M. J. Chénier) s'était fait inscrire au Théâtre Français, peu de temps avant sa mort, pour un drame de *Werther* en cinq actes et en vers. Si le fait est vrai, il faut que le projet de cette pièce n'ait pas même eu un commencement d'exécution ; car je ne sache pas qu'on en ait trouvé aucune trace dans ses papiers.

PERSONNAGES.

WERTHER.
CHARLOTTE.
WILLIAM, intime ami de Werther.
ALBERT, mari de Charlotte.
GEORGES, valet de Werther.
CLAIRE, femme de chambre de Charlotte.
JÉROME, jardinier d'Albert.
HENRY, fou d'amour.
LA MÈRE DE HENRY.
UN DOMESTIQUE D'ALBERT.
SIX ENFANS DES DEUX SEXES, de quatre à douze ans.

La scène est dans un village d'Allemagne, près de Wetzlar.

WERTHER,

DRAME.

ACTE PREMIER.

La Scène est dans la maison de Werther — Le théâtre est double, et représente d'un côté, à droite du spectateur, un salon par lequel on passe pour aller dans le cabinet de Werther, qui est à gauche. On voit dans celui-ci une bibliothèque, des dessins et estampes; ce qui peut enfin annoncer la culture des lettres et des arts. Au fond est un arrière-cabinet, dont l'entrée a quelque chose de religieux.

SCÈNE PREMIÈRE.

WILLIAM, dans le salon; GEORGES, dans le cabinet.

WILLIAM.

(*Il est assis, inquiet et pensif; il a le coude appuyé sur une table.*)

Werther ne rentre point!...

GEORGES.

(*Il se parle en rangeant le cabinet. Il regarde à la pendule.*)

Onze heures!... finissons notre ouvrage... Autrefois, il fallait sans cesse ramasser papiers, crayons, livres, que sais-je?... Mais à présent... à présent!... Pauvre Werther! comme il est changé!...

WILLIAM.

Il m'évite... il craint un entretien avec moi....

GEORGES.

Il n'est pas heureux... Fait pour paraître, pour aller loin dans le monde; et s'enterrer dans un village!... Son ami William vient d'arriver; s'il pouvait... Bah!...

WILLIAM.

Oui, je dois l'arracher à des lieux qui ne peuvent que lui devenir de plus en plus funestes...

GEORGES.

Il a pris racine dans ce pays!

WILLIAM.

Tout ici ne sert qu'à le rappeler à la passion malheureuse qu'il nourrit dans son cœur...

GEORGES. (*Rangeant vers l'arrière-cabinet.*)

Et cependant... s'il va dans la campagne, il en revient triste, sombre, rêveur;... s'il reste au logis, c'est pour s'enfermer, pendant des heures entières, dans cet arrière-cabinet, d'où il sort toujours les yeux remplis de larmes... Et d'une humeur... ah! Enfin...

WILLIAM.

Que lui dire?... Comment la combattre, cette passion, sans blâmer un sentiment aussi pur dans son principe que cruel dans ses effets?... Que peut la raison sur un cœur en délire?... (*Il se lève.*) Inspire-moi, sainte amitié! prête-moi tes accents: fais que, m'insinuant peu à peu dans l'ame de Werther, j'y rappelle insensiblement le calme et la paix dont elle est privée depuis si long-temps.

GEORGES. (*En passant dans le salon.*)

La!... A présent, il peut venir quand il voudra.

WILLIAM.

Werther ne rentre point?

GEORGES.

Il ne peut tarder long-temps; il n'a encore rien pris aujourd'hui.

WILLIAM.

Où donc est-il?

GEORGES.

Je ne sais. Il est sorti dès le matin.

WILLIAM.

A quoi passe-t-il son temps ici?

GEORGES.

Hé!... à rien.

WILLIAM.

A rien, soit; mais que fait-il, que devient-il enfin du matin au soir?

GEORGES.

Ah! ce qu'il devient? je vais vous le dire. Le jour, courir dans les champs, s'enfoncer dans les bois, rêver assis au pied d'un arbre, au bord d'un ruisseau; la nuit contempler les étoiles, se promener au clair de la lune...

WILLIAM.

Mais encore?

GEORGES.

Voilà sa vie toute entière, en vérité. Ajoutez-y pourtant une heure ou deux qu'il passe chez madame Albert...

WILLIAM. (*Avec empressement et intérêt.*)

Madame Albert!...

GEORGES.

Oui, la belle Charlotte, (car c'est toujours ainsi qu'on la nomme) mariée depuis six mois à monsieur Albert, greffier de la chancellerie, qui demeure à l'autre bout de ce village. Mais vous la connaissez?

WILLIAM.

Comment la connaîtrais-je? je viens ici pour la première fois. Werther, il est vrai, m'en a souvent entretenu dans ses lettres. Elle est dit-on, aussi belle que vertueuse?

GEORGES.

Oh! monsieur, c'est la perle du canton.

WILLIAM.

Werther est donq fort lié avec elle?

GEORGES.

Peste! il ne faudrait pas en dire du mal devant lui.

WILLIAM.

Et madame Albert?

GEORGES.

Elle est aussi fort attachée à mon maître. Qui ne l'aimerait pas? il est si bon! il est si aimable!... il était, du moins; car à présent...

WILLIAM.

Que veux-tu dire?

GEORGES.

Qu'il est changé à ne plus le reconnaître, depuis son retour ici.

WILLIAM.

Comment?

GEORGES.

Pendant un an qu'y dura son premier séjour, il conserva son heureux caractère, sa vivacité, son enjoûment. Mais lorsqu'il voulut, il y a six mois, quitter ce pays, ce n'était plus le même homme. Tout ce qui lui avait plu auparavant lui déplaisait alors. Il ne savait ce qu'il voulait. S'il était seul, il avait besoin de monde; était-il en société? il aspirait à être seul. Tandis qu'il parcourait d'autre lieux, il pensait à celui-ci...

WILLIAM.

Et depuis qu'il y est revenu?

GEORGES.

C'est pis encore. Rien n'est plus inégal que son caractère. On le voit tour-à-tour passer de la gaîté à la tristesse, de la tristesse à la folie. Quand cela finira-t-il? Je l'ignore; mais ce que je sais, c'est qu'il devient plus triste et plus languissant de jour en jour. Maintenant, par exemple, il est dans une mélancolie....

WILLIAM.

Georges, aimes-tu ton maître?

GEORGES.

Si je l'aime! je ne l'ai jamais quitté.

WILLIAM.

Puis-je compter sur ta discrétion comme sur ton zèle?

GEORGES.

C'est monsieur William, l'ami de mon maître, qui me le demande!... Oui, monsieur.

WILLIAM.

Eh bien! redouble de soins auprès de lui; ne le quitte point, s'il est possible; observe tout avec attention, et ne manque pas de m'en rendre un compte fidèle.

GEORGES.

Fiez-vous à moi.

WILLIAM.

Il suffit. Attends ici le retour de Werther: tu viendras m'avertir dès qu'il sera rentré.

GEORGES.

Soyez tranquille.

SCÈNE II.

GEORGES, *seul.*

Que veut dire ceci?... quel est ce mystère?... Mon maître serait-il... Ah! de la femme d'un autre, de son ami!... *Non*... c'est impossible... Et si... quelle apparence!... Si Charlotte elle-même... *Paix!* C'est fort mal, Georges, de penser ainsi. M. Werther est un honnête homme; Mme Albert est vertueuse. (*Claire entre et se montre dans le fond du théâtre; elle écoute Georges un instant sans être vue.*) Eh! qui ne sent pas au fond de son cœur qu'il n'y a rien de plus respectable, de plus sacré dans le monde, que le mariage? Le mien me le dit, à moi; et cette voix-là ne trompe point...

SCÈNE III.

GEORGES, CLAIRE.

CLAIRE. (*A part, en avançant sur la scène.*)

Oh! l'honnête homme que ce garçon-là : la femme qui l'aura sera bien heureuse. (*Haut, en venant vers Georges.*) Qu'avez-vous donc, monsieur Georges?

GEORGES.

Ah! c'est mademoiselle Claire.

CLAIRE.

Vous paraissez mécontent?

GEORGES.

Peut-on l'être quand on vous voit, mademoiselle?

CLAIRE.

Vous êtes bien honnête, monsieur Georges; mais c'est un compliment.

GEORGES.

Non, mademoiselle; je n'en sais point faire. Si je vous dis que vous êtes aimable, c'est que je le sens; que je voudrais l'être à vos yeux, c'est que je le desire.

CLAIRE.

Finissons, M. Georges; car je craindrais de me persuader tout cela.

GEORGES.

Je le voudrais, mademoiselle.

CLAIRE.

A qui en aviez-vous donc tout-à-l'heure?

GEORGES.

A moi-même.

CLAIRE.

Cela n'est pas croyable.

GEORGES.

C'est pourtant la vérité... Peut-on savoir ce qui nous procure votre agréable visite, ce matin?

CLAIRE.

Le plaisir de vous voir.

GEORGES.

Vous vous moquez, je pense.

CLAIRE.

Je viens de la ville, où je fus hier au soir pour acheter les étrennes des enfans. Préférant revenir à pied, à cause du froid, je n'ai pas voulu passer si près de votre maison sans vous souhaiter le bon jour. (*Il lui baise la main.*) Mais enfin, qu'aviez vous donc quand je suis entrée?

GEORGES.

De mauvaises pensées.

CLAIRE.

Bon! sur qui donc?

GEORGES.

Ne me pressez pas, mademoiselle; car je suis toujours si disposé à vous obéir...

CLAIRE.

Allons, allons?

GEORGES.

Je songeais à mon maître, à madame Albert... Mais, tenez, laissons cela; car je me reproche déja...

CLAIRE.

Quoi? Rien du tout. M. Werther est sensible; ma maîtresse est belle; il n'a pu la voir sans l'aimer: c'est bien naturel.

GEORGES.

Vous avez deviné.

CLAIRE.

Il est payé de quelque retour, peut-être: Charlotte est si généreuse et si bonne! M. Werther a des qualités si aimables!...

GEORGES.

C'est cela.

CLAIRE.

Mais, elle est mariée, dira-t-on? C'est un malheur, sans doute; un très grand malheur...

GEORGES.

Eh! oui.

CLAIRE.

Qu'y faire? elle était fille quand M. Werther fit connaissance avec elle.

GEORGES.

Sûrement.

CLAIRE.

A qui s'en prendre donc? au sort contraire.

GEORGES.

Cela est vrai... cela est vrai.

CLAIRE.

Mais, dites-moi, monsieur Georges, par quelle fatalité M. Werther vint-il habiter ce pays, où il ne connaissait personne, où il n'avait aucune affaire? Qu'est-ce qu'il l'y amena?

GEORGES.

Le hasard. Nous quittâmes Brunswick l'an passé, au mois d'avril, pour nous rendre à Wetzlar, où quelques affaires de famille appelaient mon maître. Elles furent bientôt terminées; et nous retournions tranquillement, lorsque, traversant ce village, M. Werther en trouva la situation si agréable, les environs si variés, qu'il y loua sur-le-champ cette maison. Il ne voulait, disait-il, qu'y passer la belle saison; mais bientôt il ne parla plus de la quitter, et y resta une année entière. Est-ce la belle Charlotte qui l'y retint? comment fit-il connaissance avec elle? C'est ce que je ne sais point.

CLAIRE.

Et ce que je puis vous dire, comme le tenant d'un des témoins de leur première entrevue.

Pendant les premiers mois de son séjour ici, M. Werther fit, à ce qu'il paraît, fort peu de connaissances; ses sociétés se bornèrent à quelques personnes choisies: M. le Bailli, père de Charlotte, était de ce nombre. C'est un homme respectable, digne en tout de la préférence que lui donnait votre maître. Cependant, comme si M. Werther eût pressenti ce qui devait lui arriver, il négligea long-temps de répondre à l'invitation que M. le Bailli lui avait faite d'aller le voir. Un événement, fort indifférent en soi, hâta ce moment.

Quelques jeunes gens avaient arrangé un bal à la campagne. M. Werther fut chargé d'y conduire deux dames, et de prendre en chemin une de leurs amies (c'était ma maîtresse). « Vous allez faire connaissance d'une belle personne, » lui dit l'une. « N'allez pas en devenir amoureux, » ajouta l'autre. « Pourquoi cela? » dit M. Werther. « Parce qu'elle est promise à un fort galant homme, que la mort « de son père a obligé de faire un voyage. » Il apprit alors ces particularités avec indifférence. Arrivés à la maison de M. le Bailli, M. Werther descendit de voiture, et se rendit auprès de la belle Charlotte. Il ne tarda pas à revenir avec elle. Mais, ô Dieu! quel changement il s'était fait en lui! Inquiet, préoccupé, les yeux fixés sur ma maîtresse, il semblait ne plus exister que par elle; tout annonçait l'impression que le premier regard de Charlotte avait faite sur son cœur...

GEORGES.

Je reconnais bien là mon maître : sensible et bon, mais vif et emporté, il met à tout une passion...

CLAIRE.

Leur conversation sur divers sujets, une même manière de voir et de sentir, une certaine convenance de caractères, ne servirent qu'à émouvoir plus profondément M. Werther. De ce moment, il ne fut plus à lui.

GEORGES.

Et Charlotte? Pouvait-elle être insensible à tant d'amour?

CLAIRE

Élevée dans les principes sévères de la vertu, elle résistait, ou croyait résister à un penchant qu'elle ne pouvait s'avouer sans offenser celui à qui sa main était promise; mais elle était si accoutumée au plaisir de voir M. Werther, qu'elle s'en privait avec peine.

GEORGES.

Quel dommage, que deux cœurs si bien faits l'un pour l'autre n'aient pas été unis!

CLAIRE.

Cependant M. Albert arrive. Il n'est pas douteux que sa présence aurait dû déterminer M. Werther à partir; mais il n'était plus temps: le coup était porté.

GEORGES.

Oh! vous avez bien raison. Car, voyez-vous, mademoiselle, quand le cœur d'un honnête homme est une fois attaché à une femme... qui est...

CLAIRE.

Faite aussi pour répondre à des sentimens honnêtes?

GEORGES.

Oui, mademoiselle; tout est dit alors... il ne peut plus...

CLAIRE.

Parlons de votre maître, monsieur Georges.

GEORGES.

Oui, mademoiselle; parlons de mon maître. (*Et il pousse un gros soupir.*)

CLAIRE.

Charlotte le présenta à M. Albert. Dignes l'un de l'autre, ils s'estimèrent; ils devinrent amis, même. Cependant, M. Werther voyant, avec un trop vif chagrin, approcher le moment qui allait faire à jamais le bonheur de celui qu'il devait regarder comme son rival, il ne put y résister, et s'éloigna.

GEORGES.

En effet, il ne quitta ce village que peu de temps avant le mariage de madame Albert.

CLAIRE.

Et quand l'époque en fût fixée.

GEORGES.

De retour ici, cependant, il a continué de les fréquenter comme auparavant.

CLAIRE.

Oui; mais on a vu combien le changement d'état de celle qui occupait exclusivement son ame faisait d'impression sur la sienne, malgré ses efforts pour la cacher à tous les yeux.

GEORGES.

Et madame Albert?

CLAIRE.

Depuis quelque temps, elle est rêveuse, triste.

GEORGES.

Et son mari?

CLAIRE.

Froid, réservé. En un mot, la passion de M. Werther a insensiblement altéré l'union qui régnait entre les deux époux, et introduit une sorte de défiance entre les deux amis..... J'aperçois M. Werther qui revient ici : adieu, monsieur Georges.

GEORGES.

Grand merci de votre bonne visite, mademoiselle, et du plaisir que vous m'avez fait.

CLAIRE.

Il est bien réciproque, monsieur Georges.

GEORGES, (*lui baisant la main*).

Vous êtes bien honnête, mademoiselle. (*La lui baisant encore.*) J'ai l'honneur de vous saluer.

SCÈNE IV.

GEORGES.

Elle est bien aimable; mademoiselle Claire; elle est bien aimable!.... Il n'y a point là d'Albert à qui elle soit promise..... Oh! c'est une bien aimable fille que mademoiselle Claire.

SCÈNE V.

WILLIAM, GEORGES.

WILLIAM.

N'ai-je pas aperçu Werther?

GEORGES.

C'est lui-même; j'allais vous en prévenir.

WILLIAM.

Oui..... le voilà!.... Il vient à pas lents, et paraît plongé dans une sombre rêverie : retirons-nous. Toi, cependant, envoie quelqu'un de sûr chez madame Albert, avec ordre exprès de lui parler, s'il se peut, en particulier, et de lui demander, de la part d'un intime ami de Werther, un moment d'entretien dans la journée.

GEORGES.

J'y cours moi-même.

SCÈNE VI.

WERTHER, *seul.*

(*Il vient lentement, et d'un air absorbé; les bras croisés; son chapeau enfoncé sur la tête. Il s'assied, en soupirant.*)

Ah!.... mes forces m'abandonnent..... je suis sans courage..... tout m'accable..... (*Regardant autour de lui.*) Je voudrais..... je ne sais ce que je voudrais..... Je ne désire rien..... ne demande rien..... Tout m'est à charge.

Ne suis-je donc plus ce même homme?.... N'ai-je plus ce même cœur, qui était pour moi la source de toutes les délices?.... J'ai perdu le seul charme de ma vie, cette force active qui animait tout, autour de moi. La nature étale en vain ses beautés à mes yeux; mon cœur n'en est point ému. Hélas! ce vide affreux que je sens, si je pouvais une fois, *une seule fois!* la presser contre mon sein.... Que dis-je? elle est sacrée pour moi : tout désir s'évanouit en sa présence..... Et cependant, quand je suis avec elle, une fureur inconnue m'agite et déchire mon cœur.

Comme son image me poursuit! Soit que je veille ou que je rêve, toujours elle remplit mon âme. Là,.... sont fixés ses yeux noirs; là,.... (je ne saurais exprimer)..... Je n'ai qu'à fermer les yeux, les siens sont là devant moi:.... ils m'obsèdent, ils me tuent.

C'est en vain que je tends les bras vers elle, quand je suis agité par des rêves sinistres; en vain je la cherche lorsque, trompé par un songe heureux, je crois être assis auprès d'elle. Bientôt, revenu de mon erreur, je m'éveille, et me reconnais; et je gémis, désespéré, d'un avenir qui ne m'offre que ténèbres..... Oh! combien de fois je m'endors dans l'espérance de ne me réveiller jamais!.... Et le matin, je rouvre les yeux, je revois le soleil, et je suis misérable!.... (*Après un moment de silence, il se lève, et dit avec abandon et mollesse*) : C'en est fait..... mes sens s'égarent..... je ne suis plus à moi..... je ne me connais plus..... (*Il retombe assis, abîmé dans sa douleur.*)

SCÈNE VII.

WERTHER, WILLIAM.

WILLIAM.

Ah! bonjour, Werther.

WERTHER. (*Avec agitation et embarras.*)

Bonjour.

WILLIAM.

Je te rencontre enfin.

WERTHER (*se remettant avec peine.*)

Oui,.... me voici.

WILLIAM (*à part.*)

Il paraît encore fort agité; n'importe. (*A Werther.*) Si je n'étais indulgent, Werther, je pourrais à bon droit te taxer d'indifférence. Après une aussi longue séparation, je devais au moins espérer le sacrifice de quelques heures à l'amitié; et cependant, depuis hier que je suis auprès de toi, à peine ai-je pu te voir encore.

WERTHER.

Ton reproche me touche; il me touche sensiblement..... Mais, dis?.... que viens-tu faire ici?.... (*William faisant un geste de surprise.*) Pardonne, ami, tu connais mon cœur;.... mais je ne t'attendais pas.

WILLIAM.

Tu me le demandes? (*Le regardant fixement.*) Es-tu heureux, Werther?

WERTHER.

Pourquoi....?

WILLIAM (*l'interrompant.*)

Réponds : est-tu heureux?

WERTHER (*avec un accent douloureux.*)

Je l'étais autrefois.

WILLIAM.

Tu l'étais autrefois!.... et tu me demandes ce que je viens faire ici! Ah! Werther, Werther!.... crois-tu que, dépositaire des secrets ennuis de ton cœur, je puisse en être le confident tranquille? Penses-tu que mon active amitié puisse contempler avec indifférence la tristesse où ton ame est plongée?.... Et tu me demandes ce que je viens faire ici!....

WERTHER (*lui prenant la main, et du ton le plus expressif.*)

Mon cher William....!

WILLIAM.

Je sais que tu es enchaîné par l'objet le plus aimable.....

WERTHER.

Aimable!.... ô ciel!.... On s'exprime ainsi en parlant d'une femme ordinaire; mais celle-ci, William..... c'est un ange sur la terre.

WILLIAM.

Beauté, graces, talents, je sais qu'elle réunit tout.....

WERTHER.

Tant de simplicité avec tant d'esprit! tant de bonté avec tant de fermeté! le repos de l'ame au sein de la vie active!

WILLIAM.

Elle offre l'assemblage de toutes les perfections, de toutes les vertus; j'en conviens avec toi : je dis plus, tant de rares qualités ne pouvaient manquer de fixer ton cœur.

WERTHER.

Ah!.... elle le remplit tout entier..... *Je la verrai!* m'écriai-je le matin, lorsqu'en m'éveillant je porte mes regards vers le soleil; *je la verrai!* et il ne me reste plus d'autre souhait pour le reste de la journée.

WILLIAM.

Sans doute, il est bien doux de voir sans cesse l'objet de son amour, de jouir des charmes de sa conversation, de son esprit, quand surtout cet amour peut être partagé, quand il peut conduire à un bonheur pur et durable; mais, mon cher Werther, ouvre les yeux. Ne te trompes-tu pas toi-même? Que prétends-tu? Un obstacle insurmontable sépare à jamais ta destinée de celle de Charlotte, (*Werther fait un mouvement d'impatience.*) tu le sais. Quelque grand que pût être ton bonheur, tout espoir de te voir son époux.....

WERTHER (*l'interrompant vivement.*)

Son époux!.... moi!.... O Dieu qui m'as donné le jour, si tu m'avais réservé cette félicité, toute ma vie n'eût été qu'une adoration..... Elle, mon épouse!.... ô ciel!.... Te le dirai-je? elle eût été plus heureuse avec moi qu'avec Albert: non, cet homme n'est point fait pour remplir les vœux de son cœur. Il manque..... de..... cette..... sensibilité..... il manque..... Ah? mon ami, combien de fois, au milieu d'un passage de quelque auteur intéressant, combien de fois, lorsque nos sentimens se développaient sur la situation de quelque personnage, n'ai-je pas observé, n'ai-je pas senti que nos cœurs étaient faits pour s'entendre?

WILLIAM.

Un destin moins cruel, sans doute, vous devait l'un à l'autre: je veux croire même que ton amour aurait fait son bonheur, comme il aurait comblé le tien; mais, hélas! tel est ton sort, que cet amour si vrai, si touchant, si naturel, ne peut être soutenu d'aucune espérance; car mon ami ne forma jamais un seul désir indigne de l'objet qu'il aime.....

WERTHER.

Que dis-tu?.... Grand Dieu!.... L'amour que j'ai pour elle n'est-il pas l'amour le plus saint, le plus pur?.... Mon cœur forma-t-il jamais un vœu criminel?.... Eh! qui le pourrait auprès d'elle? De tous les sentimens qu'elle inspire, le respect n'est-il pas le plus fort?.... *Le respect....!* Viens! (*Lui mettant la main sur le bras.*) Viens, te dis-je..... (*Le menant vers la porte du cabinet qui est ouverte, et lui montrant l'arrière-cabinet au fond.*) Vois-tu cette enceinte?.... nul mortel profane n'y porta ses pas indiscrets..... Eh bien! là, chaque jour, aux pieds de son image,.... de son image, que traça ma main tremblante dans un temps où j'espérais, hélas! un avenir moins funeste; là, prosterné devant elle, et dans un recueillement religieux, je viens lui renouveler le serment de la respecter toujours..... Et j'oserais porter sur elle un regard criminel!.... Non; plutôt mourir.

WILLIAM.

Eh bien! cherche à te délivrer d'un passion qui comble ta misère; d'une passion, Werther, qui fait peut-être aussi le malheur de celle qui en est l'objet; car, sais-tu si le feu qui te consume ne pénètre pas malgré elle dans son sein; si ta présence, tes soins assidus ne portent pas le trouble dans son cœur vertueux et sensible?.... S'il était vrai, combien tu serais à plaindre! Quoi! celle à qui tu sacrifierais mille fois tes jours, te devrait le malheur des siens?....

WERTHER (*d'un ton douloureux et désespéré.*)

Non, non; cette idée ferait mon tourment.

WILLIAM.

Reviens donc à toi; ranime ton courage. Tu ne peux obtenir son amour; mérite son admiration. Sois homme.

WERTHER.

Plût au ciel, hélas! qu'un tel effort me fût possible! Que ne puis-je arracher de mon cœur cet amour funeste? Que n'est-il en mon pouvoir de briser ce nœud fatal qui me fait tant souffrir? Si tu savais, ô William! les maux affreux que j'endure.....

WILLIAM.

Eh? mon désespoir est de ne pouvoir les adoucir.

WERTHER.

Quand je suis resté assis quelque temps auprès d'elle, à m'enivrer de ses graces, de son maintien, des divines expressions de sa bouche, le désordre s'empare peu à peu de mes sens, ma poitrine se gonfle, mon cœur palpite avec violence, j'entends à peine, ma vue se trouble, tout semble se précipiter devant moi; je me lève en étendant les bras; je veux marcher, tout fuit, et soudain je retombe, accablé sous le poids de ma misère.

WILLIAM.

Je t'en supplie, Werther, considère avec calme, s'il est possible: dis? où te conduira cette passion fougueuse? quel en est le but, quel en sera le terme?

WERTHER (*avec vivacité*).

Je l'ignore moi-même. Mes idées varient et se succèdent avec la rapidité de l'éclair..... Te l'avouerai-je? quelquefois un rayon de joie semble vouloir me ranimer. Quand je me perds ainsi dans mes rêveries, je me dis : *Si Albert mourait..... tu serais....! oui;.... elle serait....!* Et je poursuis ce fantôme jusqu'au bord d'un abîme, d'où je recule en frissonnant.

WILLIAM.

Oui, sans doute, tu es au bord d'un abîme. O mon ami, ne vois-tu pas qu'en te livrant ainsi à l'ivresse d'un amour contemplatif, tu te consumes d'un feu sans remède, d'un feu qui compromet ta vertu, l'affaiblit tous les jours, et peut enfin devenir criminel? Eloigne-toi, Werther, éloigne-toi de ce fatal séjour : fuis un objet que l'honneur t'ordonne d'éviter; fuis cette femme adorable, pour ton repos, pour le sien. (*Werther marque de l'impatience.*) Oui, pour le sien. Écoute la voix d'un ami fidèle, pendant qu'il en est temps encore.

WERTHER.

(*Il ralentit sa diction, et tombe, par degrés, dans un abattement qui va croissant jusqu'à la fin de la scène.*)

Je te rends grâces du tendre intérêt que tu prends à moi, du zèle ardent qui t'anime.... Sois tranquille....; malgré l'abattement où je suis, j'ai encore assez de force et de courage pour supporter mon sort.

WILLIAM.

Eh bien! que cette force, ce courage qui te restent servent à ton bonheur, et à celui d'un femme qui n'en peut goûter désormais tant que tu resteras auprès d'elle. Pars, pars à l'instant.

WERTHER (*avec un extrême abattement et un sombre désespoir*).

Eh bien!.... je partirai..... oui, je partirai;.... il le faut. Depuis quelque temps déjà je médite de la quitter..... Je partirai!.... je partirai!.... (*Il se recueille un instant.*) Ami, j'ai besoin d'être seul. Ma tête est accablée sous le poids de mes idées. Permets-moi de me retirer pour quelques heures seulement. Nous nous verrons tantôt.

WILLIAM.

Que dis-tu?.... Quoi! je te laisserais seul, en proie au chagrin qui te dévore! Non, Werther; sors ou reste, je ne te quitte plus. D'ailleurs, séparé de toi depuis trop long-temps, mon cœur a besoin de s'épancher dans le tien. (*Werther se jette à son cou, et le presse entre ses bras.*) Tu te rappelles, ami, les charmantes promenades que nous faisions si souvent ensemble dans la campagne : elles étaient toujours embellies par des entretiens délicieux, dont la confiance et l'amitié faisaient tous les frais. Il faut en essayer une aujourd'hui.

WERTHER.

Dispense-moi.....

WILLIAM.

Oui, nous en ferons une, ce matin même. Tu me parleras encore de tes peines; je les adoucirai, je les partagerai, du moins, si je ne puis les calmer.

WERTHER.

Je t'affligerai, William, et n'en serai pas moins malheureux.

WILLIAM.

N'importe.

WERTHER.

Tu le veux?

WILLIAM.

Je l'exige.

WERTHER (*lui tendant la main*).

Eh bien! allons prendre le thé : nous partirons ensuite. (*Ils sortent en se tenant unis.*)

FIN DU PREMIER ACTE.

ACTE DEUXIÈME.

La scène est dans la campagne. Le théâtre représente une salle de verdure formée par la nature, au pied d'une colline parsemée de rochers, et au haut de laquelle on voit un village. Sur le côté est un banc de gazon.

SCÈNE PREMIÈRE.

WERTHER, WILLIAM.

(*Ils entrent en marchant lentement.*)

WILLIAM.

Retournons; il est tard.

WERTHER.

Nous sommes à peine à la moitié du jour.

WILLIAM.

Le vent est froid et humide.

WERTHER.

J'ai besoin d'air pour calmer mes esprits agités.

WILLIAM.

La campagne est sombre et déserte.

WERTHER.

Elle m'en plaît davantage! Asseyons-nous.

WILLIAM.

Asseyons-nous. (*Ils s'asseyent. Werther regarde lentement autour de lui, et paraît en contemplation.*)

WERTHER.

Que ces lieux ont de charmes pour moi!.... (*Avec ravissement.*) Tout ici me parle de Charlotte!....

WILLIAM (*à part*).

Que veut-il dire?

WERTHER.

Je marche sur l'herbe que ses pieds ont pressée!.... je respire l'air qu'elle a respiré!.... Son âme plane sur cette enceinte!....

WILLIAM (*à part*).

Nous sommes mal ici; tâchons d'en sortir.

WERTHER.

O vous, arbres, coteaux, rochers, objets chéris, qu'elle embellit, qu'elle anima si souvent par sa présence, que de douces émotions, que de tendres souvenirs vous rappelez à mon cœur oppressé!

WILLIAM.

Quoi! toujours occupé de ces dangereuses pensées?

WERTHER.

Ne t'en alarmes pas, William : la plaie est profonde; non, je n'en guérirai point; mais, aidé d'un ami tel que toi, je parviendrai, j'espère, à la rendre moins douloureuse.

WILLIAM.

Quittons ces lieux.

WERTHER.

Laisse-moi jouir encore des heureux moments que j'y ai passés.

WILLIAM (*à part*).

Il faut céder.

WERTHER.

Je ne puis, sans en être attendri, me rappeler ces soirées tranquilles où, descendant du village à travers les rochers, nous venions nous reposer à l'ombre de ces chênes antiques. Tantôt nous nous entretenions sur quelque sujet de morale, qui finissait toujours par faire briller sa belle âme de perfections nouvelles; tantôt nous y faisions quelque lecture intéressante, toujours suivie d'une conversation plus intéressante encore.

Quelquefois, au déclin du jour, lorsque les premiers rayons de la lune, en se brisant parmi les feuilles doucement agitées, imprimaient un caractère religieux à ce lieu solitaire, et portaient insensiblement nos âmes à la mélancolie, nous gardions quelque temps le silence. Elle le rompait alors, pour parler des parents ou des amis qu'elle avait perdus, et donner des larmes à leur mémoire. Non, je n'oublierai jamais le jour où, assise sur ce banc, entre son époux et moi, elle nous entretint des derniers moments de sa mère. Qui pourrait décrire après elle la scène auguste et douloureuse où cette femme mourante se fit amener ses enfants, les embrassa l'un après l'autre, les remit à Charlotte éplorée, et leur donna sa bénédiction;

Si tu savais, ô William, comme elle s'acquitte de la promesse qu'elle fit à sa mère, de la remplacer auprès de ses frères et sœurs! Si tu l'avais vue comme moi, au milieu de ces innocentes créatures, le jour (trop funeste, hélas!) où je fis connaissance avec elle! Je la trouvai sous les tilleuls qui ornent l'entrée de sa paisible demeure. Six enfants, dont le plus âgé n'avait qu'onze ans, s'empressaient autour d'elle. Elle tenait une corbeille dont elle leur distribuait les fruits, qu'elle accompagnait toujours d'un mot flatteur ou d'un souris gracieux, tandis que, levant leurs petites mains caressantes vers elle, ils lui disaient à l'envi *merci*, avant même que le fruit fût donné. Oh! mon ami, qu'elle était belle au milieu d'eux! qu'elle était adorable dans ces soins touchants! Je ne puis y songer..... (*Les pleurs l'interrompent.*)

WILLIAM.

Tu pleures? Cesse, mon cher Werther, cesse d'occuper ta pensée de ces tristes souvenirs; ils t'affectent trop.

WERTHER.

Oh! ne me reproche pas de si douces larmes : depuis long-temps, hélas! il n'en était sorti de mon cerveau desséché.

WILLIAM.

Pense à ta mère, qui depuis si long-temps gémit loin de toi. *Mon fils, ô mon cher fils!* me dit-elle lorsque je partis, *ramenez-le-moi, si vous voulez que je vive.*

WERTHER.

Hélas! c'était ma destinée d'être le tourment des personnes dont j'aurais dû faire la joie et le bonheur.

WILLIAM.

Ta destinée fut cruelle, il est vrai; mais, si tu n'as pu l'éviter, Werther, tâche au moins de la combattre.

SCÈNE II.

LES PRÉCÉDENTS, HENRI, *fou d'amour.*

(*Henri erre tristement à travers les rochers, et paraît chercher des simples.*)

WERTHER.

N'aperçois-je pas un homme là-haut?

WILLIAM.

Où donc?

WERTHER.

Qui marche courbé parmi les rochers?

WILLIAM.

Je ne vois personne.

WERTHER.

Là (*montrant du doigt*), vêtu d'un mauvais habit vert.

WILLIAM (*l'apercevant*).

Ah!

WERTHER.

Approchons. (*Henri, entendant du bruit, se retourne et les regarde tristement; puis se remet à chercher parmi les rochers.*) Oh! qu'il paraît triste! regarde, ami.

WILLIAM.

Retirons-nous.

WERTHER.

Pourquoi? approchons encore. (*Élevant la voix.*) Que cherchez-vous, mon ami?

HENRI.

Je cherche..... (*Poussant un profond soupir.*) je cherche des fleurs, et je n'en trouve point.

WERTHER.

Aussi n'est-ce pas la saison.

HENRI.

Il y a tant de fleurs! (*Il descend vers eux.*) J'ai dans mon jardin des roses et des lilas de deux sortes, qui m'ont été données par mon père. Elles croissaient abondamment; et cependant voilà deux jours que je les cherche en vain.

WERTHER.

Je le crois bien, à la fin de décembre.

HENRI.

Que dites-vous? Même ici dehors il y a toujours des fleurs. (*En soupirant.*) Et pourtant je n'en puis trouver!

WILLIAM.

Ne vois-tu pas que ce malheureux est fou? Retirons-nous.

WERTHER (*avec un souris amer*).

Fou?.... parce qu'il cherche ce qu'il ne saurait trouver. Hélas! nous, qui nous disons sages, faisons-nous autre chose tous les jours? (*A Henri.*) Que voulez-vous faire de ces fleurs?

HENRI (*mettant le doigt sur sa bouche*).

Chut!.... ne me trahissez pas. J'ai promis un bouquet à ma belle.

WERTHER.

C'est fort bien fait.

HENRI.

Elle a bien d'autres choses : elle est fort riche.

WERTHER.

Et pourtant elle fait grand cas de vos bouquets ?

HENRI.

Elle a des joyaux, une couronne.

WERTHER.

Comment l'appelez-vous?

HENRI.

Si les états me payaient, je serais un autre homme!.... Il fut un temps où j'étais..... (*Il pousse un profond soupir.*) Aujourd'hui, c'en est fait pour moi; je suis..... (*Il lève au ciel des yeux humides.*)

WERTHER.

Vous étiez donc heureux?

HENRI.

Si je l'étais?.... ô ciel!.... que ne le suis-je encore de même!

SCÈNE III.

LES PRÉCÉDENTS, LA MÈRE DE HENRI.

LA MÈRE DE HENRI (*dans la coulisse*).

Henri?.... (*En entrant sur la scène.*) Henri?.... Où es-tu donc?.... Nous t'avons cherché partout..... Viens dîner.

WERTHER.

Est-ce là votre fils?

LA MÈRE DE HENRI.

Oui, mon pauvre fils.

WERTHER.

Que je vous plains!

LA MÈRE DE HENRI.

Hélas! Dieu m'a donné là une croix bien lourde.

WERTHER.

Combien y a-t-il qu'il est dans cet état?

LA MÈRE DE HENRI.

Il n'y a que six mois qu'il est ainsi tranquille. Auparavant, il était dans une frénésie qui a duré une année entière. (Je rends grâce à Dieu que cela n'ait pas été plus loin.) A présent, il ne fait de mal à personne; seulement, il est toujours occupé de rois et d'empereurs.

WERTHER.

Quel est donc le temps qu'il paraît tant regretter, où il se trouvait si heureux et si content?

LA MÈRE DE HENRI.

Le pauvre insensé! c'est celui qu'il a passé à la chaîne, dans l'hôpital des fous.

WERTHER.

Hélas!

LA MÈRE DE HENRI.

C'était un homme doux et tranquille. Tout d'un coup il devint rêveur, fut pris d'une fièvre ardente, tomba dans le délire, et perdit entièrement la raison.

WERTHER.

L'infortuné!

LA MÈRE DE HENRI.

Oh! je suis bien privée, depuis qu'il est dans cet état. Il avait une belle main pour l'écriture. Il m'aidait à soutenir son vieux père.

WERTHER.

Eh! que faisait-il alors?

LA MÈRE DE HENRI.

Il était commis chez monsieur le bailli.

WERTHER (*saisi*).

Que dites-vous?

WILLIAM (*à part*).

Quel contre-temps!

WERTHER.

Chez le père de Charlotte?

LA MÈRE DE HENRI.

Plût au ciel qu'il n'y fût jamais entré!

WERTHER.

Eh bien?

LA MÈRE DE HENRI.

Une malheureuse passion qu'il conçut pour elle.....

WILLIAM (*à part*).

Dieux! tout est perdu.

LA MÈRE DE HENRI.

..... Qu'il nourrit en secret, qu'il lui découvrit enfin.....

WILLIAM (*l'interrompant.*)

C'est assez.....

WERTHER.

Achevez.....

WILLIAM.

Allez, ma bonne; (*Il lui donne quelques pièces d'argent.*) allez : ayez bien soin de votre malheureux fils.

SCÈNE IV.

WERTHER, WILLIAM.

WERTHER.

(*Il tombe assis au pied d'une roche, abîmé dans sa douleur.*)

(*D'une voix étouffée.*) C'en est fait!.... je le vois..... mon sort est décidé!....

WILLIAM.

Werther?

WERTHER.

..... Tout redouble mes maux..... (*Avec l'accent du désespoir.*) tout marque mon destin!....

WILLIAM.

Lève les yeux..... c'est moi.....

WERTHER (*marchant à grands pas, en se parlant à lui-même.*)

Tu étais heureux! Dieu du ciel! est-ce là le destin de l'homme?.... N'est-il heureux qu'avant de posséder la raison, ou après l'avoir perdue?....

WILLIAM.

Werther?

WERTHER.

Tu es malheureux; et j'envie le désordre de tes sens..... Tu sors, plein d'espoir, pour cueillir des fleurs à ta maîtresse..... au milieu de l'hiver!.... et tu t'affliges de n'en trouver aucune?....

WILLIAM.

Mon ami?

WERTHER.

Et moi, grand Dieu!....

WILLIAM.

Reviens à toi.

WERTHER.

..... Et moi?.... ô destin rigoureux!.... je marche sans espérance et sans but..... je retourne comme je suis venu.....

WILLIAM.

Werther?

WERTHER.

Laisse-moi..... (*Il va vers les rochers.*)

WILLIAM.

Où vas-tu?

WERTHER.

Je ne sais. (*Il gravit les rochers avec une précipitation pénible.*)

WILLIAM.

Mon ami?

WERTHER.

Je ne me connais plus..... (*Il disparaît.*)

WILLIAM.

Werther?.... Il m'échappe. (*Il suit Werther.*)

SCÈNE V.

GEORGES.

(*Apercevant de loin Werther qui gravit les rochers, il vient à pas redoublés, entre précipitamment, son chapeau dans une main, son mouchoir, avec lequel il s'essuie, dans l'autre. Il gravit le rocher, et suit Werther des yeux.*)

Eh!.... un instant.... bon! (*Descendant les rochers.*) Il retourne au logis. (*S'essuyant le visage avec son mouchoir.*) Par quelle aventure?.... Comment se fait-il?.... Monsieur William m'envoie chez madame Albert..... je reviens par ce chemin..... (Je pouvais tout aussi bien revenir par un autre). Et voilà que j'y rencontre.....

Courons dire à monsieur William que madame Albert sera seule et l'attend sur les trois heures. (*Il continue sa route par le bas des rochers.*) Quelle singulière aventure! (*En quittant la scène.*) Je n'en reviens pas.....

FIN DU SECOND ACTE.

ACTE TROISIÈME.

La scène est dans la maison de M. Albert. Le théâtre représente un salon.

SCÈNE PREMIÈRE.

CLAIRE, *un* DOMESTIQUE, *portant une corbeille.*

CLAIRE.

Posez avec précaution.

LE DOMESTIQUE (*ouvrant la corbeille.*)

Voyons s'il n'y a rien de dérangé. Bon!.....

CLAIRE (*refermant la corbeille.*)

Quelle indiscrétion!

LE DOMESTIQUE.

Ce sont des jouets d'enfans?

CLAIRE (*d'un ton sec et dédaigneux.*)

Eh bien!

LE DOMESTIQUE.

Vous ne savez donc pas? dans quatre jours le premier janvier.

CLAIRE (*du même ton.*)

A propos!

LE DOMESTIQUE.

Et nous aussi, nous aurons nos étrennes.

CLAIRE.

C'est de quoi je ne m'inquiète guère. J'entends madame; retirez-vous. Georges, bon Georges! un vil intérêt te rappellera-t-il cette époque?

SCÈNE II.

CHARLOTTE, CLAIRE.

CLAIRE (*en s'en allant.*)

Madame, voici la corbeille.

CHARLOTTE.

Il suffit.

SCÈNE III.

CHARLOTTE (*seule.*)

(*Elle s'assied, et se met à décorer la corbeille.*)

Heureux enfans!.... qu'il faut peu de chose pour satisfaire vos désirs!.... Étrangers encore aux passions tumultueuses qui nous tourmentent, le chagrin ne laisse point de traces profondes dans vos âmes simples..... (*En soupirant.*) Je coulais aussi des jours heureux et tranquilles, au milieu de ces innocentes créatures, que la plus respectable des mères confia à mes soins en mourant..... Le souvenir de cette séparation douloureuse est toujours présent à mon cœur. Je vois encore ses enfans autour de son lit. Elle leva les mains sur eux; puis, tournant vers moi des yeux humides : « Prends « ma place, dit-elle; aie pour tes frères et tes sœurs l'œil vigi- « lant et le cœur sensible d'une mère, et pour ton père, le respect « et l'obéissance d'une épouse : sois sa consolation. » Albert était auprès de moi. « Soyez heureux l'un par l'autre, dit-elle avec « émotion, et je mourrai contente. »

Pardonne, ô ma tendre mère! si je ne suis pas pour tes enfans, pour ton époux, tout ce que tu fus toi-même. Je fais ce que je peux pour remplir les devoirs saints que tu m'imposas. Tes enfans et mon père aiment ta fille; elle les chérit de même. Albert, le vertueux Albert, que tu lui destinas en même temps pour époux, se trouve heureux avec elle; au moins, *je l'espère*..... Pour ta fille, hélas! peut-elle être heureuse, quand quelqu'un auprès d'elle ne l'est pas?.... Werther, ô Werther! avec un cœur si sensible et si bon, avec une âme si belle, pourquoi faut-il que tu aies un caractère si impétueux?.... Que dis-je?.... jamais il ne m'adressa de vœux dont je pusse être offensée. Jamais je ne connus l'excès de son amour que par celui de son respect..... (*Elle réfléchit.*) Et cependant il se consume auprès de moi, sans qu'il lui soit permis d'espérer un sort moins contraire..... (*Elle réfléchit encore.*) Il faut que cela finisse..... il le faut..... pour mon repos, pour le sien,.... pour celui de mon époux; oui, pour celui d'Albert, car je voudrais en vain me le cacher, le poison de la jalousie se glisse insensiblement dans son âme..... Hélas! pourrait-il m'outrager à ce point? Que dis-je? quand il serait vrai, aurais-je le droit de m'en plaindre? Sais-je, moi-même, quels sentimens sont au fond de mon cœur?.... Pardonne, oh pardonne, cher Albert! Non, non; jamais une pensée coupable ne s'insinua dans le sein de ton épouse. Elle est toujours digne de toi. (*Elle réfléchit.*) Je ne puis rester plus long-temps dans un état aussi pénible..... il faut prendre un parti. Voici l'heure où Werther vient chaque jour. Je lui déclarerai..... Que lui dire?.... Comment pourrai-je, sans déchirer son cœur.....

SCÈNE IV.

CHARLOTTE, CLAIRE.

CLAIRE.

Monsieur Werther.

CHARLOTTE.

C'est lui-même..... Dieu! soutiens mon courage.

SCÈNE V.

CHARLOTTE, WERTHER.

CHARLOTTE (*tâchant de cacher son émotion.*)

Bonjour, Werther.

WERTHER.

Seule ici, belle Charlotte?

CHARLOTTE (*d'un ton ému.*)

Oui;.... occupée à mettre en ordre les étrennes de mes enfans.

WERTHER.

Quel plaisir ils auront, à l'ouverture inattendue de la corbeille!.... Mais..... qu'avez-vous, Charlotte?.... vous paraissez émue.....

CHARLOTTE (*l'interrompant.*)

Vous vous trompez..... (*Cachant son émotion par un agréable sourire.*) Vous aurez aussi votre présent..... si vous êtes sage.

WERTHER.

Qu'entendez-vous par *être sage?*.... Comment faut-il que je sois?.... comment dois-je être?

CHARLOTTE (*lui parlant comme en confidence, et en tâchant de cacher son trouble extrême.*)

C'est jeudi la veille du premier jour de l'an. Les enfans viendront, ainsi que mon père; et chacun aura son présent. Vous viendrez aussi..... mais pas plus tôt..... (*Werther est saisi.*) je vous en prie..... C'est une chose résolue..... Je vous en prie, au nom de mon repos..... Cela ne peut pas durer ainsi.

WERTHER

(*à part, marchant à grands pas et murmurant entre ses dents.*)

Cela ne peut pas durer ainsi!....

CHARLOTTE (*à part.*)

Cruel devoir!.... Tâchons de le distraire de cette situation.

WERTHER (*Murmurant plus haut.*)

Cela ne peut pas durer ainsi!

CHARLOTTE.

Avez-vous dessiné le paysage que vous m'avez promis, Werther?

WERTHER (*murmurant plus haut encore.*)

Cela ne peut pas durer ainsi!....

CHARLOTTE (*à part.*)

Il ne m'entend point!.... (*haut.*) Voulez-vous que nous exécutions la sonate que vous m'apportâtes hier au soir.

WERTHER (*avec le ton du désespoir.*)

Non, je ne vous verrai plus!

CHARLOTTE.

Pourquoi cela? vous pouvez nous voir; vous le devez même: modérez-vous seulement. Oh! pourquoi faut-il que vous soyiez né avec cette véhémence, cette passion excessive qui vous attachent invinciblement à tout ce dont vous vous êtes une fois frappé? (*Il l'écoute avec impatience. Elle lui prend la main.*) De grace, modérez-vous..... Quelle source d'amusemens ne vous offrent pas votre esprit, votre savoir, vos talens?.... Rappelez votre courage..... Défaites-vous de ce funeste attachement pour une femme qui ne peut rien que vous plaindre..... (*Il grince les dents, et la regarde d'un air sombre. Elle retient sa main dans la sienne.*) Un moment de sang-froid, Werther. Ne sentez-vous pas que vous vous trompez; que vous vous perdez volontairement?.... Pourquoi donc moi?.... moi, qu'un autre possède. Je crains, hélas! que ce ne soit précisément l'impossibilité de me posséder qui donne tant d'attrait à ce désir.

WERTHER. (*Il retire sa main de celle de Charlotte, en la regardant d'un œil fixe et mécontent.*)

Albert aurait-il, par hasard, fait cette remarque?.... Elle est profonde..... très profonde.

CHARLOTTE.

Chacun peut la faire. Eh! n'y aurait-il pas dans le monde une personne capable de remplir les vœux de votre cœur? Prenez sur vous; cherchez-la : je vous jure que vous la trouverez. Vraiment, je suis fâchée de voir la solitude où vous vivez depuis quelque temps..... (*Il l'écoute avec impatience.*) Faites un effort sur vous..... Un voyage vous dissipera : il faut que vous le fassiez.

WERTHER (*mettant la main sur le bras de Charlotte.*)

Je le ferai, Charlotte..... je le ferai!

CHARLOTTE.

Cherchez, trouvez une objet digne de vous, puis revenez ici goûter les délices d'une amitié parfaite.

WERTHER. (*Il va pour parler, puis remet sa main sur le bras de Charlotte.*)

Toute cela se fera..... Laissez-moi encore un peu de tranquillité, et..... tout cela se fera.

CHARLOTTE.

J'entends Albert?.... Accordez-moi seulement une chose; c'est de ne point venir avant jeudi.

SCÈNE VI.

LES PRÉCÉDENS, ALBERT.

ALBERT (*posant sa canne et son chapeau.*)

Bonjour, Charlotte. (*Apercevant Werther, et se tournant vers lui, froidement et d'un air gêné.*) Bonjour, Werther. (*A part.*) Toujours!....

WERTHER (*sur le même ton.*)

Bonjour. (*Et il prend sa canne et son chapeau pour s'en aller.*)

ALBERT.

Vous sortez?..... Est-ce ma présence qui vous chasse?

WERTHER.

J'allais partir. Ma canne et mon chapeau.....

ALBERT.

..... Que vous n'avez pris que lorsque je suis entré. (*A part.*) Que veux dire ceci? (*Haut, d'un ton un peu ironique et piquant.*) J'avais cru jusqu'ici, j'en fais l'aveu, que Werther, venant chaque jour passer quelques heures avec Charlotte, n'était pas fâché d'y rencontrer son époux, (*S'adressant à Werther.*) je dis plus, votre ami.

WERTHER (*d'un ton plus piquant encore*).

Qui vous dit le contraire?.... J'avouerai à mon tour que, goûtant depuis long-temps, sans détour *et sans crainte*, les charmes d'une amitié pure avec Charlotte, avec vous-même, Albert, qui feignez d'en douter, je n'avais pas cru que ma conduite, ni envers l'un ni envers l'autre, pût jamais donner lieu à cette réflexion étrange.

CHARLOTTE (*à part*).

Rompons cette conversation. (*A Albert.*) Un écuyer, qui était déjà venu hier au soir de la part du chancelier d'état, est revenu ce matin, et a paru fâché de ne pas vous trouver. Il avait; a-t-il dit, des papiers importans à vous remettre.

ALBERT (*sèchement*).

Je les attendais. Si l'on m'avait prévenu plus tôt, je ne serais pas sorti ce matin. (*Il fait quelques pas.*) Le jardinier est-il de retour de la ville?

CHARLOTTE.

Il n'est pas même encore parti.

ALBERT.

Qu'attendez-vous donc?

CHARLOTTE.

J'ignorais si ce voyage était pressé.

ALBERT.

Je l'avais pourtant dit assez clairement.

SCÈNE VII.

LES PRÉCÉDENS, UN DOMESTIQUE.

LE DOMESTIQUE.

Vous êtes servis.

ALBERT (*sèchement à Werther*).

Voulez-vous rester avec nous?

WERTHER (*sur le même ton*).

Je vous suis obligé.

SCÈNE VIII.

WERTHER (*seul*).

Barbare!.... Non, je ne suis plus ton ami..... *Voulez-vous rester avec nous?*.... Cruel!.... pour la voir essuyer tes caprices, être en butte à tes fureurs?.... pour être témoin des tourments que tu lui fais souffrir?.... qu'elle endure, hélas! à cause de moi...., pour moi...! Ame généreuse et sensible!.... quoi!.... sans moi, tu vivrais heureuse et tranquille; et pourtant tu m'aimes?.... Que dis-je?.... Osé-je bien proférer ce mot?.... Oui: elle prend intérêt à ma personne et à mon sort..... elle sent ce que je souffre..... mon cœur me le dit..... (*Il réfléchit.*) *Elle m'aime!*.... et cependant..... ô désespoir!.... une barrière insurmontable..... (*Avec rage.*) l'enfer est dans cette idée..... Et je respire encore!.... Et mon bras furieux!.... Non;.... je ne saurais plus vivre.....il est temps de mettre un terme à ma misère..... il en est temps..... Pourquoi balancer?.... Qu'ai-je à souhaiter de plus heureux?.... Qu'est-ce, après tout?.... Pourquoi donc trembler?.... Parce qu'on ignore.....

SCÈNE IX.

WERTHER, LES ENFANS.

LES ENFANS (*accourant et parlant tous à la fois*).

Werther,.... Werther,.... mon bon ami Werther?....

UN DES JEUNES.

Quand demain, un autre demain, et puis encore un jour seront passés, nous recevrons notre présent de Charlotte.

UN AUTRE.

Nous aurons des châteaux, des chevaux, des carrosses.....

UN AUTRE.

Des bonbons, des oranges, bien d'autres choses encore.

WERTHER. (*Pendant ce temps il les embrasse, puis d'un ton attendri:*)

Demain..... encore demain..... et puis encore un jour! (*Il va pour les quitter, le cœur percé de cette idée.*)

LE PLUS JEUNE. (*Il arrête Werther, et lui dit à l'oreille:*)

Mes frères ont écrit de beaux complimens de nouvel an, *bien*,

bien grands; un pour papa, un pour Albert et Charlotte, et un aussi pour mon bon ami Werther.

WERTHER (*avec l'accent de la plus vive douleur*).

Et un aussi pour Werther! (*Il les quitte, navré de douleur; puis, se tournant vers l'appartement de Charlotte.*) Tu ne m'attends pas!.... tu crois que j'obéirai, et que je ne te verrai que jeudi..... Aujourd'hui, Charlotte..... ou jamais!....

SCÈNE X.

LES ENFANS (*seuls*).

L'AINÉE DES FILLES.

Mon frère?....

L'AINÉ DES GARÇONS.

Ma sœur?....

SCÈNE XI.

LES ENFANS, ALBERT.

ALBERT.

Vous ici, mes enfans?.... Mais..... qu'avez-vous?.... Vous pleurez?

L'AINÉ DES ENFANS (*en pleurant*).

Mon bon ami Werther était ici quand nous sommes entrés : nous avons couru à lui; il nous a embrassés, et nous a regardés en soupirant; puis il est sorti sans nous rien dire, en levant les bras au ciel, comme s'il eût été bien malheureux.

ALBERT.

Allez, mes enfans, retirez-vous. (*Ils se retirent lentement, d'un air inquiet, et en regardant derrière eux. Albert se retourne aussi à plusieurs reprises, et leur fait signe de la main.*) Allez.....

SCÈNE XII.

ALBERT (*seul*).

N'ai-je pas été trop loin?.... Peut-être pourrais-je lui reprocher quelques erreurs de l'esprit; mais son cœur est bon, son âme est droite, ses principes sont purs. D'ailleurs, la vertu de ma femme, son attachement à ses devoirs, m'en sont de sûrs garants..... oui; et je rends à Charlotte toute la justice que je lui dois. Mais, puis-je n'être pas mécontent des attentions de Werther?.... Quand j'ai la tête fatiguée de mes affaires, ne puis-je un instant me livrer aux doux épanchements de l'amitié? ne puis-je, enfin, rentrer dans le sein de ma famille sans y rencontrer un étranger?.... Oh! c'est trop de complaisance. D'ailleurs, que Werther soit triste, inquiet, il n'y a rien d'étonnant : les tourmens de son cœur ont consumé sa gaîté, sa vivacité ordinaires. Mais, ma femme, ma femme elle-même?.... une espèce de mélancolie, une certaine langueur n'ont-elles pas insensiblement remplacé cet enjouement, cette égalité d'âme, qui faisaient le charme de son caractère? Ce changement n'est-il pas le signe d'une passion naissante dont Werther est l'objet?.... Oui, sans doute; et je serais coupable de ne pas en arrêter les progrès..... J'aperçois Charlotte; saisissons l'occasion, puisqu'elle se présente.

SCÈNE XIII.

ALBERT, CHARLOTTE.

CHARLOTTE.

(Elle vient lentement, les yeux attachés en terre, et paraît livrée à de profondes méditations; Albert va à elle; elle jette un cri de surprise.)

Ah!

ALBERT.

Q'avez-vous?

CHARLOTTE.

Rien.

ALBERT.

Vous paraissez rêveuse, triste?

(CHARLOTTE *à part*).

Hélas!

ALBERT.

Asseyons-nous. (*Ils prennent des siéges.*) Avez-vous quelque chagrin que j'ignore?

CHARLOTTE.

Jusqu'ici, je pense, mon époux n'a pas eu lieu de me reprocher un sentiment que je n'aie point partagé avec lui.

ALBERT.

D'accord. Cependant, votre air abattu me faisait craindre..... Votre père aurait-il..... Werther.....

CHARLOTTE (*l'interrompant avec empressement*).

Est votre ami comme il est le mien.

ALBERT.

Oui, je l'aime, je ne m'en défends pas. Mais, de grâce, écoutez-moi.

CHARLOTTE (*avec inquiétude*).

Eh bien?

ALBERT.

De retour auprès de vous, après une absence de plusieurs mois, vous me présentâtes Werther comme un homme digne de toute mon estime. J'en conclus qu'il avait la vôtre. Dès lors, vous le savez, je le vis avec intérêt, et liai avec lui une étroite amitié. Je n'examinai rien. Vous m'aviez permis d'aspirer à vous; vous fixâtes l'époque de mon bonheur; je fus tranquille.....

CHARLOTTE (*avec hésitation et embarras.*)

Mais.....

ALBERT.

Ne m'interrompez pas. Le jour qui m'unit à vous fut et sera toujours le plus beau de ma vie. J'aime à croire que vous ne l'avez pas oublié.....

CHARLOTTE.

Vous n'en sauriez douter.

ALBERT.

Rien n'est donc changé pour nous. Mais pour Werther, quelle différence! (*Elle paraît embarrassée.*) Tout, en lui, ne décèle-t-il pas un sentiment, involontaire sans doute, et qu'il voudrait se cacher à lui-même; mais d'autant plus funeste qu'il se le reproche sans pouvoir l'étouffer.

CHARLOTTE.

Hélas!....

ALBERT.

Eh bien! puisque vous avez de l'empire sur lui, si vous pouviez en tirer avantage, en l'aidant à surmonter une passion qui fait son malheur en blessant sa vertu. D'abord, vous pourriez lui insinuer, avec ménagement, de ne pas rendre ses visites aussi fréquentes.....

CHARLOTTE (*se rassurant un peu*).

Il ne viendra point avant jeudi.

ALBERT.

Fort bien. Vous pourriez ensuite l'éloigner peu à peu, l'amener doucement et par degrés à ne nous voir que rarement, comme tout le monde. Insensiblement les plaies de son cœur se fermeraient; le calme rentrerait dans son âme; il y retrouverait des forces qui ne sont qu'assoupies. Vous fûtes la cause innocente de ses tourmens; il vous devrait sa guérison; et nous n'en serions tous que plus heureux.

CHARLOTTE.

Mon désir fut toujours de vous complaire, Albert; et mon devoir de vous obéir.

ALBERT.

Je suis votre époux, votre ami, Charlotte, et non votre maître..... J'espère que vous rendez justice à mes motifs. Je ne forme d'autres vœux, je n'ai d'autres désirs que ceux de votre tranquillité, de votre bonheur.

CHARLOTTE (*d'un ton ému*).

Je sens tout le prix de vos sages conseils; je vous promets de m'y conformer..... (*Lui prenant affectueusement la main.*) Oui, mon ami, je m'y conformerai.

ALBERT (*en se levant, et d'un air confiant et ouvert*).

J'ai une affaire à terminer à Wetzlar, avec l'intendant des domaines. Je vais monter à cheval et m'y rendre. Je remets depuis quinze jours à faire ce voyage, à cause du mauvais temps; mais il y a encore trois heures de jour, et j'espère être ici ce soir avant la nuit. Adieu, (*il l'embrasse*) adieu!

SCÈNE XIV.

CHARLOTTE (*seule*).

Je possède le cœur de mon époux; j'ai toute son estime; au moins j'ai lieu de le croire. Mais, ne nous aveuglons point : un sentiment confus de défiance agit malgré lui au fond de son âme. Depuis quelque temps, il évite d'entrer dans mon appartement lorsque Werther y est....; à l'instant même, je n'en puis douter, il n'est monté à cheval que dans l'espoir que Werther ne viendrait pas aujourd'hui..... Il est donc vrai? Werther aussi a des reproches à se faire. Cent fois il a saisi l'occasion de venir ici aux heures où Albert était absent. O hommes cruels! que vous ai-je fait pour m'affliger ainsi ? Hélas! je blâme Werther sans pouvoir le haïr..... Que dis-je? *le haïr!*.... Un sentiment secret, involontaire, sa situation pénible, peut-être, me l'ont de plus en plus rendu cher; et je sens, malgré moi, que l'impression qu'il a faite sur mon cœur est ineffaçable.

SCÈNE XV.

CHARLOTTE, CLAIRE.

CLAIRE.

Monsieur Werther.

CHARLOTTE (*à part et toute troublée*).

O ciel! (*A Claire qui s'en va*). Arrêtez..... Je suis peu en état de recevoir du monde ce soir : qu'on dise que je n'y suis pas.

CLAIRE.

Madame, cela n'est pas possible : monsieur Werther sait que vous êtes ici; le voilà qui monte.

CHARLOTTE (*à part*).

Quel parti prendre?.... (*A Claire qui s'en va*). Mais, écoutez donc..... Qu'on aille à l'instant chez Léonore et chez madame Audran, leur dire que je suis indisposée, et que je les prie instamment de venir passer la soirée avec moi.

CLAIRE.

Oui, madame.

CHARLOTTE.

Ces dames seront témoins de mon entretien avec lui. Il ne pourra se dispenser de les reconduire : j'espère être de bonne heure quitte de sa visite. (*Elle s'assied, prend son ouvrage, et tâche de paraître calme.*)

SCÈNE XVI.

CHARLOTTE, WERTHER.

(*Pendant cette scène, Charlotte paraît inquiète, dans l'attente de ses amies. Werther, sombre et taciturne, paraît concentré en lui-même.*)

CHARLOTTE.

Vous n'avez pas tenu votre parole.

WERTHER.

Je n'avais rien promis.

CHARLOTTE.

Vous auriez dû, au moins, m'accorder ma demande : je ne l'avais faite que pour le repos de l'un et de l'autre. (*Il ne répond rien, regarde Charlotte d'un air sombre, et va s'asseoir sur le canapé.*) M'apportez-vous les deux livres que je vous avais demandés ?

WERTHER.

Je les ai oubliés.

CHARLOTTE.

Je vous serai obligée de mes les envoyer, avec quelques autres dont je vous donnerai la note..... (*Il ne répond rien.*) Monsieur Albert vient de monter à cheval pour aller à Wetzlar.

WERTHER.

Oui.

CHARLOTTE.

Il aura bien mauvais temps ?

WERTHER.

Oui.

CHARLOTTE (*à part*).

Si ces dames n'arrivent bientôt, je ne pourrai jamais soutenir la conversation sur un ton général.

SCÈNE XVII.

LES PRÉCÉDENS, CLAIRE.

CLAIRE.

Mademoiselle Éléonore et madame Audran font leurs excuses à madame.

CHARLOTTE (*à part*).

Dieux !

CLAIRE.

La première est retenue par une migraine; et la seconde va partir à l'instant pour retourner à la ville où elle est attendue ce soir.

SCÈNE XVIII.

CHARLOTTE, WERTHER.

CHARLOTTE (*à part*).

Quel contre-temps!.... Que faire?.... Si j'appelais ma femme de chambre?.... Pourquoi?.... ne puis-je donc être en sûreté avec moi-même?.... Le sentiment de mon innocence, la pureté de mon cœur, ne doivent-ils pas m'inspirer plus de confiance?.... (*Elle va se placer tranquillement à côté de lui.*) N'avez-vous rien à lire?

WERTHER.

Rien.

CHARLOTTE.

Ouvrez cette commode : vous y trouverez votre traduction de quelques chants d'Ossian. Je n'en ai point encore achevé la lecture; j'attendais que vous pussiez me la faire. (*Il reste immobile, et ne répond rien.*) Eh bien? (*Il va prendre le manuscrit, frémit en y portant la main; puis revient s'esseoir, les yeux humides.*) Nous en sommes restés à l'endroit touchant où le malheureux Armin déplore la perte de ses enfans.

WERTHER. (*Il lit :*)

« J'ai perdu mon fils, qui faisait ma force dans les combats; j'ai « perdu ma fille, qui faisait mon orgueil parmi ses compagnes. O « lune! montre par intervalles ta face mélancolique et pâlissante. « Rappelle à mon âme éperdue cette nuit cruelle où mon fils *Arindal* « est tombé, où ma fille *Daura* s'est éteinte.

« Mon fils descendait la colline, chargé des dépouilles de la « chasse. Il entend la voix plaintive de sa sœur, de *Daura*, mou- « rante de frayeur, que le perfide *Erath*, son ravisseur, venait « d'abandonner sur un rocher, au milieu de la mer. Le brave « *Arindal* s'élance dans le bateau, et franchit les flots pour ramener « *Daura* sur le rivage. *Armar*, son amant, accourt et prend mon « fils pour le ravisseur : transporté de rage, il décoche sa flèche; « elle vole, et perce le cœur d'*Arindal*. Quelle fut ta douleur, ô ma « fille! quand tu vis couler le sang de ton frère!

« Les vagues brisent le bateau contre le rocher. *Armar* se jette à « la nage, résolu de délivrer son amante ou de mourir. Un coup de « vent fond tout à coup du haut de la colline sur les flots : *Armar* « s'abîme et ne reparaît plus. (*Il cesse de lire, et paraît accablé.*

Charlotte le fixe avec attendrissement et inquiétude. Il lève les yeux ; elle détourne les siens. Il reprend sa douloureuse lecture.)

« Seule sur le rocher que la mer environne, ma fille faisait retentir les airs de ses plaintes. Son père entendait ses cris redoublés, « et son père ne pouvait la secourir. Toute la nuit je restai sur le rivage. J'entrevoyais ma fille à la faible clarté de la lune ; toute la « nuit j'entendis ses cris douloureux. Le vent soufflait avec fureur, « et la pluie orageuse battait les flancs de la montagne. Avant que « l'aurore parût, sa voix s'affaiblit par degrés, et s'éteignit comme « le murmure du zéphyr mourant dans le feuillage. La douleur « avait épuisé ses forces ; elle expira. Elle te laissa seul, ô malheureux *Armin !*

CHARLOTTE.

(*Elle porte, d'une main, son mouchoir à ses yeux baignés de larmes ; Werther jette son papier, et se baisse sur l'autre qu'il inonde de pleurs. Tous deux sont dans la plus violente situation. Charlotte frémit et fait quelques efforts pour se dégager. Enfin, elle respire avec force et dit en sanglotant :*)

Continuez.

WERTHER.

(*Tremblant, il ramasse le manuscrit, et lit d'une voix entre-coupée :*)

« Pourquoi me réveilles-tu, vent du printemps ? Tu me flattes « et me dis : *Je t'arrose de la rosée céleste ;* mais le temps approche « où je dois me flétrir : elle s'approche la tempête qui me dépouillera de mes feuilles. Demain ! demain viendra le voyageur qui m'a « vu dans ma beauté ; son œil me cherchera autour de lui dans la « campagne, et il ne me trouvera plus. »

(*Accablé de la force de ces mots, il se précipite, dans son désespoir, aux pieds de Charlotte, se saisit de ses mains, les porte à ses yeux et contre son front. Un pressentiment du projet de Werther semble passer dans l'ame de Charlotte, ses sens se troublent ; elle lui serre les mains, les presse contre son sein ; elle se penche vers lui avec attendrissement ; ses joues brûlantes touchent celles de Werther. Il passe ses bras autour d'elle, et la serre contre son cœur.*)

N. B. On ne prétend ici que donner une idée de cette scène muette. C'est aux acteurs à voir jusqu'où elle peut être poussée sans blesser les yeux ; et surtout sans altérer l'idée qu'on s'est formée de la vertu des deux personnages.

CHARLOTTE (*d'une voix étouffée, et en se détournant*).

Werther ! .... (*Et d'une main faible repoussant sa poitrine.*) Werther ! .... (*Puis du ton ferme du sentiment et de la vertu.*) Werther !...

(*Il ne peut y résister, et la laisse aller de ses bras; puis il se jette, hors de lui, sur le canapé. Charlotte se lève, toute troublée, et d'un ton mêlé d'amour et de colère.*) Voilà la dernière fois; vous ne me verrez plus. (*Jetant sur lui un dernier regard de tendresse, elle passe dans sa chambre, et s'y enferme.*)

SCÈNE XIX.

WERTHER (*seul*).

(*Il lève la tête, tend les bras vers elle, et reste un instant dans cette attitude; puis il se lève, va à la porte de la chambre, et dit au travers, en écoutant entre chaque mot:*)

Charlotte!.... Charlotte!.... un mot encore!.... un adieu!.... je vous en prie..... par pitié..... un seul mot!.... Adieu, Charlotte!.... adieu pour jamais!....

FIN DU TROISIÈME ACTE.

ACTE QUATRIÈME.

SCÈNE PREMIÈRE.

CHARLOTTE (*seule*).

O jours heureux, que je coulais dans une tranquille innocence, dans une confiance exempte de soins *et de reproches!* qu'êtes-vous devenus?.... Qu'ils sont changés!.... (*En pleurant.*) Que je suis à plaindre!.... Il me semble déjà voir les regards de mon époux..... Je crois l'entendre m'interroger d'un ton sévère, au moment où il apprendra la visite de Werther...... Que lui dire?.... Dissimulerai-je?.... Trahir la vérité!.... non, non. C'est alors que Charlotte serait coupable..... *Coupable!* Eh! ne l'es-tu pas déjà, malheureuse?.... Ne sens-tu pas malgré toi le feu des embrassemens de Werther au fond de ce sein troublé?.... Femme imprudente! fallait-il rester seule avec lui?.... Ne connaissais-tu pas toute la véhémence de ses sentimens, toute la violence de sa passion? Ne devais-tu pas en prévoir les suites?....

(*Avec l'accent de la plus vive douleur.*) O ma mère, ma tendre, ma vertueuse mère! pourquoi, oh! pourquoi m'as-tu été ravie?.... Seule, égarée et sans guide, sans autre secours que mon amour pour la vertu, n'en embrassais-je, hélas! que le fantôme?.... Comment oserai-je à présent élever mes mains vers toi? Ne repousseras-tu pas ta criminelle fille?.... *Criminelle!*.... (*Avec le ton du désespoir.*) Cette idée est affreuse.

Dieu bon! Dieu juste! si mes intentions n'ont point cessé d'être pures, ne m'abandonne pas dans cette douloureuse situation. Daigne, daigne, ô mon Dieu! soutenir la malheureuse Charlotte..... Ciel! j'entends Albert..... Comment lui cacher mon trouble?.... Pour la première fois je sens que sa présence m'embarrasse.

SCÈNE II.

CHARLOTTE, ALBERT *en habit de voyage.*

ALBERT (*d'un air ouvert*).

Enfin, m'en voilà quitte.

CHARLOTTE (*avec un air d'empressement et d'embarras, qui montre plus d'agitation que de joie*).

Vous revenez bien tard ?

ALBERT.

J'ai cru que je n'en finirais jamais. Bon Dieu ! quel homme avec ses lenteurs ! Il a mis deux mortelles heures à méditer sur un acte que j'avais dressé en vingt minutes, et qu'il a fini par adopter, sans y changer un seul mot.

CHARLOTTE (*toujours avec le même air d'empressement et d'embarras*).

Avez-vous fait bon voyage ?

ALBERT.

Fort bon.

CHARLOTTE.

Il ne vous est donc rien arrivé ?

ALBERT.

Non, grâce à Dieu.

CHARLOTTE.

Je commençais à désespérer de vous voir ce soir.

ALBERT (*à part, en l'observant*).

Me trompé-je ?.... elle paraît agitée.

CHARLOTTE (*lui donnant ses lettres*).

Voici vos lettres.

ALBERT (*d'un ton plus sérieux; l'observant encore*).

N'y a-t-il rien autre chose ?

CHARLOTTE.

Non, que je sache.

ALBERT (*l'observant davantage*).

N'est-il venu personne pendant mon absence ?

CHARLOTTE (*hésitant*).

Wer.... ther..... est venu ce soir; et a passé une heure ici.

ALBERT (*d'un ton fort sec*).

Il ne devait pas, disiez-vous, venir avant jeudi.

(*Il va s'asseoir auprès d'une table, et y décachète ses lettres. Il a l'air très froid, et regarde peu du côté où est Charlotte.*)

CHARLOTTE.

(*Elle va s'asseoir à quelques pas de lui avec son ouvrage, et paraît d'abord hésiter à lui parler.*)

N'avez-vous besoin de rien?

ALBERT.

Non.

CHARLOTTE.

Comment va votre mère?

ALBERT.

Je l'ignore.

CHARLOTTE.

Vous n'avez donc pas pu la voir?

ALBERT.

Apparemment.

SCÈNE III.

LES PRÉCÉDENS, UN DOMESTIQUE.

LE DOMESTIQUE.

De la part de M. Werther.

CHARLOTTE (*à part*).

Ciel!

SCÈNE IV.

CHARLOTTE, ALBERT, GEORGES.

GEORGES (*à Charlotte qui se trouve près de lui.*)

M. Werther, qui m'envoie, me charge de lui porter la réponse à ce billet.

CHARLOTTE.

(*Elle prend le billet et le lit à demi-voix, en tremblant.*)

« Faites-moi le plaisir de me prêter vos pistolets pour un voyage « que je médite. Adieu, portez-vous bien. »

(*Ce billet la jette dans un trouble extrême. Elle pâlit, rougit, se détourne pour pleurer, et donne le billet à son mari, en disant :*)

Ce billet est pour vous.

ALBERT (*froidement, après avoir lu*).

Donne-lui mes pistolets. (*Se tournant vers Georges.*) Je lui souhaite un bon voyage.

(*Charlotte se lève en chancelant, s'approche lentement d'un placard, en tire les armes en frémissant, et hésite à les donner. Albert, qui a fini de décacheter ses lettres, se retire en lançant un regard sévère sur elle : elle donne les pistolets.*)

(*Pendant cette scène muette, Georges est fort attentif à tout ce qui se passe.*)

SCÈNE V.

CHARLOTTE, *seule.*

(*Elle se jette sur un siége, abîmée dans la douleur.*)

Il va faire un voyage !.... Quelle résolution si subite....? où va-t-il ?.... Il fait demander des armes.... lui qui n'en porte jamais. Ah ! je voudrais en vain écarter les soupçons funestes qui s'élèvent au fond de mon cœur.... Quel parti prendre ?.... Si j'allais.... Eh ! non ; je m'égare.... Si j'allais.... me jeter aux pieds de mon époux, lui découvrir tout, lui avouer ce qui s'est passé ce soir, ma faute, mes pressentimens.... Hélas ! à quoi aboutirait une pareille démarche ?.... Que faire ?.... que résoudre ?

SCÈNE VI.

CHARLOTTE, CLAIRE.

CLAIRE.

Madame, le jardinier demande à vous parler.

CHARLOTTE.

Qu'on me laisse seule.

CLAIRE.

Il le demande avec instance. (*Elle ne répond rien.*)..... Madame.

CHARLOTTE.

Qu'il vienne.

CLAIRE.

Entrez, monsieur Jérôme.

SCÈNE VII.

CHARLOTTE, JÉROME.

JÉROME (*d'un air de mystère, et à demi-voix*).

Madame, puis-je vous demander si monsieur Werther est venu ce soir ici?

CHARLOTTE (*surprise et inquiète*).

Pourquoi cela?

JÉROME.

De grâce, madame, répondez-moi.

CHARLOTTE.

Oui.

JÉROME.

A quelle heure, s'il vous plaît?

CHARLOTTE.

Il en est sorti vers les cinq heures.

JÉROME.

En bottes?

CHARLOTTE.

Oui.

JÉROME.

Veste et culotte jaunes?....

CHARLOTTE.

Précisément.

JÉROME.

Ce soir, à la chute du jour, je revenais de la ville par le chemin du petit bois. Il tombait de la neige. Jetant par hazard les yeux vers la montagne, j'ai cru apercevoir, sur le haut des rochers, un homme qui demandait du secours. J'ai hâté le pas; puis, regardant avec plus d'attention, j'ai cru reconnaître M. Werther.....

CHARLOTTE.

Que dites-vous?

JÉROME.

Il avait les bras tendus vers le ciel, comme s'il eût imploré sa miséricorde. J'ai fait signe à mon fils qui me suivait d'un peu loin; il est accouru.....

CHARLOTTE.

Eh bien?

JÉROME.

Montant ensemble jusqu'à l'endroit où nous l'avions aperçu, nous n'avons plus trouvé personne, ni aucun autre indice qu'un chapeau, que mon fils a cru reconnaître pour être à M. Werther.....

CHARLOTTE (*abîmée dans sa douleur*).

Il suffit.

JÉROME.

J'ai cru, madame, devoir vous instruire de cet événement.

CHARLOTTE.

C'est assez. (*Le jardinier s'en va.*) Suis-je assez malheureuse? ô mon Dieu!.... Je ne puis, sans frémir.....

SCÈNE VIII.

CHARLOTTE, CLAIRE.

CLAIRE.

Madame, un monsieur, qui est déjà venu tantôt, demande à vous parler.

CHARLOTTE.

Je ne puis recevoir personne.

CLAIRE.

Il se nomme William.

CHARLOTTE (*à part*).

Son ami!.... ô ciel!....

CLAIRE.

Que lui dirai-je?

CHARLOTTE.

Faites entrer..... Que vient-il m'apprendre?

SCÈNE IX.

CHARLOTTE, WILLIAM.

CHARLOTTE (*avec le ton de la plus vive inquiétude*).

Qui vous ramène?.... Qu'y a-t-il?....

WILLIAM.

Ah madame!

CHARLOTTE.

Werther!.... où est-il?....

(*William regarde autour de lui comme s'il craignait d'être entendu.*)

De grâce, monsieur, dissipez mes craintes.

WILLIAM.

Je reviens auprès de vous, l'esprit agité des plus vives inquiétudes.....

CHARLOTTE.

Vous m'effrayez.

WILLIAM.

Avez-vous vu mon malheureux ami?

CHARLOTTE.

Ce soir même.

WILLIAM.

Il est rentré chez lui il y a une heure.....

CHARLOTTE (*soulagée de savoir Werther rentré*).

Ah!

WILLIAM.

..... En désordre..... les yeux égarés..... Un sombre désespoir était répandu sur toute sa personne. Son domestique s'est présenté pour l'éclairer: *Il n'en est pas besoin;* et il s'est retiré brusquement dans sa chambre. On l'entendait gémir, se parler à lui-même avec emportement. Ensuite il a marché quelque temps à grands pas; puis, il a demandé de la lumière. Il a fait plusieurs recherches dans ses papiers; en a déchiré ou brûlé une partie; a cacheté plusieurs paquets.....

CHARLOTTE.

Dieux!.... et vous l'avez quitté dans cet état funeste?

WILLIAM.

Au bout de quelque temps, je lui ai fait demander si nous prendrions le thé ensemble: *il lui était impossible.* Il a écrit long-temps, à vous-même peut-être; car il prononçait souvent votre nom, m'a dit Georges, qui, sous divers prétextes, est entré plusieurs fois dans sa chambre. Enfin, cédant à l'épuisement de ses forces, il s'est jeté tout habillé sur son lit, où je l'ai trouvé profondément endormi, lorsque, inquiet de ne plus l'entendre, j'ai pris sur moi d'entrer chez lui.

CHARLOTTE (*s'inclinant, et levant les yeux et les mains au ciel.*)

Grand Dieu! s'il m'est encore permis d'élever des mains innocentes vers toi, exauce mes vœux; protége les jours de l'infortuné

Werther! Tu sais si jamais il entra rien de criminel dans son cœur. Que dis-je? tu sais que l'excès de sa misère vient de celui de sa vertu. Fais, fais, juste Dieu! qu'il en recueille ici la récompense; et ne condamne pas la malheureuse Charlotte à des larmes éternelles.

WILLIAM.

Je connais vos sentimens, madame; mais il faut plus que des vœux. Le temps presse. Plus je réfléchis sur les circonstances de cette journée, plus je les compare à ses dernières lettres, et plus je suis alarmé sur les suites du voyage qu'il médite. Il faut, madame, il faut absolument vous réunir à moi pour l'en détourner.

CHARLOTTE.

Eh! que puis-je? Ce matin même.....

WILLIAM.

Ne perdons pas un instant, madame; demain, peut-être, il ne serait plus temps.

CHARLOTTE.

Je suis au désespoir!

SCÈNE X.

LES PRÉCÉDENS, ALBERT.

ALBERT (*entrant d'un air inquiet*).

Qu'y a-t-il donc?....

CHARLOTTE (*tombant aux genoux de son mari*).

Mon ami!....

ALBERT (*essayant de la relever*).

Quoi?....

CHARLOTTE (*dans la même posture*).

O mon ami!

ALBERT (*essayant toujours de la relever*).

Levez-vous.....

CHARLOTTE (*persistant à rester à genoux*).

Si jamais je vous fus chère!....

ALBERT (*essayant toujours de la relever*).

Y pensez-vous, Charlotte?.... Levez-vous.

CHARLOTTE (*se levant*).

Sauvez-le!

ALBERT.

Qui?....

CHARLOTTE.

Cette sombre tristesse!....... Ce voyage subit.....

ALBERT.

Expliquez-vous.....

CHARLOTTE.

Ces armes!.... Il va mourir!....

ALBERT (*se tournant vers William*).

Monsieur.....?

CHARLOTTE.

Est l'ami de Werther..... Il arrive à l'instant.....

ALBERT (*toujours à William*).

Daignez, je vous prie.....

WILLIAM.

Je partage les craintes de madame: Werther a besoin de tous nos soins.

CHARLOTTE.

Partons!

ALBERT.

Pourquoi?.... Où est-il?....

WILLIAM.

L'excès du désespoir l'a plongé dans un sommeil funeste, craignons son réveil.

CHARLOTTE.

Partons, mon ami..... Partons!

ALBERT.

Encore faut-il.....

CHARLOTTE.

Nous vous dirons.....

WILLIAM.

Oui;.... mais ne différons plus.

ALBERT.

Différer, monsieur! lorsque Werther, lorsque mon ami est en danger!.... Partons, partons à l'instant.

FIN DU QUATRIÈME ACTE.

ACTE CINQUIÈME.

La Scène, comme au premier Acte, dans la maison de Werther. La rampe à demi-baissée.

SCÈNE PREMIÈRE.

WERTHER, *seul; dans le Cabinet.*

(*Il est assis, le coude appuyé sur son bureau, comme s'il venait de se réveiller dans cette attitude. L'appartement n'est éclairé que par la faible lueur d'une lampe posée près de lui.*)

(*Après un instant de silence.*) O songes de la vie! vous êtes disparus pour moi..... La mort, la mort seule se présente à mon âme abattue..... Je touche au terme de ma carrière, comme un voyageur fatigué, qui arrive à la fin d'une course pénible..... O nuit bienfaisante que j'ai passée! c'est toi qui as fixé mon incertitude, qui m'as affermi dans ma résolution..... *dans ma résolution inébranlable!* Je frissonne pourtant à l'aspect de la mort..... Je n'avance qu'en tremblant sur le bord de ce précipice inconnu..... C'est donc pour la dernière fois, *pour la dernière fois!* que j'ouvre les yeux. Ils ne reverront plus la lumière?.... C'est un sentiment inexprimable que de se dire: *ce matin est le dernier..... le dernier!* Je n'ai aucune idée de ce mot..... Ne suis-je pas là dans toute ma force?.... et demain, glacé..... étendu sur la terre..... A présent, tout à moi..... à toi, ô mon amie!.... et un moment de plus, séparés... peut-être pour jamais! *pour jamais!*..... Non, non, Charlotte: nous sommes!..... Comment pourrions-nous être anéantis?.... *anéantis!* C'est encore un vain mot qui ne porte aucun sens à ma raison.

(*Après un instant de réflexion, il paraît comme subitement frappé d'une nouvelle pensée.*)

Dieu!.... si elle m'oubliait?.... O douleur!.... Quoi! tu pourrais oublier un malheureux qui ne connoît point, à ses derniers moments, de plus grande douceur que de s'entretenir avec toi?.... Non, non. Quand, sur le soir, tu graviras la montagne que nous parcourûmes si souvent ensemble, tu penseras à moi : et si, de là, tes regards attendris se portent vers l'endroit où seront déposés les restes inanimés de ton ami, tu pleureras à l'aspect de sa tombe. Quand tu seras assise au milieu de tes enfans!.... partout, hélas! Werther était avec toi : toujours il sera présent à ton cœur.

Comme le mien était serré, lorsque je m'arrachai hier d'auprès de toi! je me sentis saisi d'un froid mortel. J'eus à peine la force de me rendre jusqu'ici. Je me jetai à genoux, tout hors de moi; le ciel..... le ciel cruel, ne m'accorda pour consolation que des larmes amères!.... Mille projets furieux s'entrechoquèrent dans mon âme; ils se terminèrent enfin à cette seule et dernière pensée : *je veux mourir*. Je me couchai; et ce matin, dans tout le calme du réveil, je trouve encore dans mon cœur cette résolution ferme et inébranlable : *Je veux mourir*..... Ce n'est point désespoir; c'est la certitude que j'ai fini ma carrière, et que je me sacrifie pour toi.

Pardonne, oh! pardonne-moi!.... Hier aurait dû être le dernier moment de ma vie..... O ange! ce fut pour la première fois, oui! *pour la première fois*, que le sentiment d'un bonheur ineffable pénétra tout entier dans mon âme..... Mon bras a pressé ton sein contre le mien!.... Ma bouche a balbutié sur la tienne!.... Mes lèvres brûlent encore du feu sacré dont les tiennes les ont embrasées!.... Un nouveau torrent de délices a inondé mon âme et versé la force dans mon cœur!.... De ce moment, tu es à moi!.... Oui, Charlotte; à moi pour jamais!.... Non : je ne suis point dans le délire..... L'approche du tombeau devient pour moi une nouvelle lumière..... Nous serons!.... nous nous reverrons!.... Je pars devant : voilà tout..... Je vais à l'éternel. Je déposerai mes douleurs aux pieds de son trône. Il me consolera jusqu'à ton arrivée : alors, je vole à ta rencontre; je te saisis, et demeure uni à toi, en sa présence, dans des embrassemens qui ne finiront jamais.

SCÈNE II.

WERTHER, GEORGES.

GEORGES (*en traversant la première pièce; tenant d'une main une lumière, et de l'autre quelques effets.*)

Que tout soit prêt avant l'aurore..... Que le jour ne nous trouve plus dans ce village; c'est bien là, je crois, ce qu'il m'a dit. Le ciel en soit loué..... (*Passant dans le cabinet.*) Vous ici, monsieur?

WERTHER.

Que tu tardes long-temps!

GEORGES.

Il était fort tard hier quand vous m'envoyâtes chez M. Albert, et vous reposiez lorsque je rentrai. Mais vous, mon cher maître, pourquoi seul ici, au milieu de la nuit?....

WERTHER.

Eh bien?

GEORGES.

Ah! monsieur; si madame Albert.....

WERTHER (*avec empressement*).

Quoi?....

GEORGES.

Vous ne l'avez sûrement pas consultée sur votre prochain voyage.

WERTHER.

Que veux-tu dire?....

GEORGES.

Que vous devriez bien, ne fût-ce que pour son repos, remettre votre départ à un autre temps.

WERTHER.

Qu'est-ce!... Que s'est-il passé? dis, oh! dis? mon cher Georges: répète-moi tout; sans en omettre un seul mot.

GEORGES.

M. Albert était occupé à examiner des papiers: sa chère femme travaillait tristement, à quelques pas de lui. Elle parut d'abord embarrassée en me voyant. Je lui remis votre billet.....

WERTHER (*avec vivacité et inquiétude*).

A qui?

GEORGES.

A madame.

WERTHER.

Malheureux! il était pour Albert.

GEORGES.

Il n'était point cacheté, monsieur, et même il était sans adresse.

WERTHER.

Continue.

GEORGES.

La lecture de ce billet la jeta dans un trouble extrême....

WERTHER.

Dieux!

GEORGES.

Elle pâlit, rougit: son cœur était oppressé...

WERTHER.

Eh bien!

GEORGES.

Elle passa le billet à son mari, et se détourna pour pleurer. *Donne-lui mes pistolets*, dit M. Albert en se retournant froidement vers sa femme; puis vers moi : *Je lui souhaite un bon voyage*..... Le croiriez-vous, monsieur? ces mots furent un coup de foudre pour elle.....

WERTHER.

Ensuite?

GEORGES.

Elle se leva en chancelant; elle ne savait d'où elle en était. Elle s'approche lentement de la muraille; ouvre une armoire, où elle prend les pistolets en tremblant. Elle les tint long-temps; hésitant à les donner..... Un regard sévère de son mari.....

WERTHER.

Le cruel!

GEORGES.

Elle me les donne aussitôt sans avoir la force de proférer un seul mot; mais avec un air!.... des gestes!.... Il semblait qu'on lui arrachât en même temps la vie.....

WERTHER.

Où sont-ils?

GEORGES.

Les voici.

WERTHER.

Laisse-moi.

(*Georges se retire d'un air inquiet, remporte sa lumière, et reste debout, d'un air pensif, dans le salon.— Werther prend les pistolets avec transport, et les presse plusieurs fois contre sa poitrine.*)

Ils ont passé par tes mains!.... Je les baise mille fois, tu les as touchés..... Ciel! tu favorises ma résolution : et toi, Charlotte, tu me fournis l'instrument; toi, des mains de qui je souhaitais recevoir la mort..... Oh! oui, tu as tremblé en les donnant..... Mais, hélas! elle ne m'a fait dire nul adieu..... *nul adieu!* O Charlotte!.... voudrais-tu me punir de cet instant de bonheur qui m'a uni à oi pour jamais?....

GEORGES.

Je ne puis le laisser seul.....

WERTHER.

..... Oh non! tu ne saurais haïr celui qui brûle ainsi pour toi.

GEORGES.

...... C'est plus fort que moi. (*Passant dans le cabinet.*) Pardon, monsieur..... (*Werther le regarde tristement.*).... Je venais voir si vous n'aviez besoin de rien.

WERTHER (*avec bonté*).

Non; de rien.

GEORGES.

Monsieur....?

WERTHER.

Eh bien!

GEORGES.

..... Que je reste avec vous!

WERTHER.

Va.

GEORGES.

Pourquoi?

WERTHER.

Laisse-moi. (*Georges se retire lentement et à regret.*) Georges!

GEORGES (*charmé d'être rappelé*).

Me voici.

WERTHER.

Je serai quelque temps dans mon voyage : nettoie mes habits, et fais les paquets.

GEORGES.

Oui, monsieur.

WERTHER.

Tu rapporteras quelques livres que j'ai prêtés:

GEORGES (*d'un ton de surprise*).

Est-ce que je n'irai pas avec vous?

WERTHER (*avec contrainte et sensibilité*).

Non..... j'irai seul.

GEORGES.

Serez-vous long-temps?

WERTHER.

Long-temps! (*Profondément ému de cette question, il va pour parler; il se retient et se raffermit.*) Tes comptes?

GEORGES.

Ils sont en règle.

WERTHER.

Donne.

GEORGES.

Les voici.

WERTHER. (*Il y jette les yeux, et lui donne une bourse.*)

Tiens, paie partout; tu garderas le reste pour toi.

GEORGES (*inquiet et surpris*).

Plait-il?

WERTHER.

Prends, mon ami, prends; je ne t'ai rien donné depuis bien long-temps.

GEORGES.

Je vous rends grâce. (*Il va pour se retirer.*)

WERTHER (*haussant le ton comme pour le rappeler*).

Tu paieras deux mois d'avance à quelques pauvres dont tu as les noms.

GEORGES (*du ton le plus inquiet*).

Oui, monsieur.

WERTHER (*d'un ton contraint et mystérieux*).

Va te reposer; *je n'ai plus besoin de toi.*

GEORGES. (*Il ne peut plus y tenir; il éclate.*)

Et vous-même, mon cher maître, ne prendrez-vous donc point quelques moments de repos?

WERTHER.

Laisse-moi, Georges, bon et fidèle serviteur..... laisse-moi!

GEORGES.

De grâce.....

15

WERTHER.

Ne rentre plus, je t'en prie.

GEORGES.

..... Permettez .....

WERTHER.

Je te l'ordonne.

GEORGES (*d'un ton pénétré*).

J'obéis.

(*Il se retire et s'assied dans la première pièce, le corps appuyé contre une table, les bras croisés, la tête penchée sur la poitrine; il reste ainsi immobile*).

WERTHER. (*Il fait quelques pas vers la fenêtre, et contemple le ciel.*)

Astre de la nuit, dont j'entrevois encore les pâles rayons, à travers les nuages qui roulent sur ma tête!.... étoiles, qui scintillez encore à mes yeux éteints!.... (*il s'incline*) pour la dernière fois je vous salue. O vous! qui attestez si bien la puissance infinie du créateur! (*d'un ton emphatique*) non, vous ne tomberez point; l'Éternel vous porte, ainsi que moi, dans son sein.....

GEORGES (*se redressant sur son siége, et revenant de sa longue rêverie*).

O mon Dieu! que cette nuit est longue!

WERTHER. (*Il considère autour de lui dans tous les sens.*)

Quel profond silence!....

GEORGES.

..... Effrayante!

WERTHER.

..... Qu'il convient à l'état de mon âme!.... Je la sens par degrés s'agrandir!.... Il me semble qu'elle se répand dans l'immensité!.....

GEORGES.

M. William ne revient point.

WERTHER (*revenant vers son bureau*).

Déjà la nuit est avancée!.... (*Il regarde autour de lui.*) Tout dort autour de moi!.... (*Il réfléchit un instant.*) Je n'ai plus qu'à mourir!.... (*Il va pour prendre un pistolet, et frémit.*) Non, je ne frémis point..... (*Il prend le pistolet, et le regardant.*) Voilà donc où aboutissent mes vœux et mes espérances!.... (*Il s'attendrit peu à peu.*) Tout, tout est donc fini!.... Quoi!.... Je ne la verrai plus!.... O douleur!.... Oui, Charlotte, j'aurai cessé de vivre quand tu liras ce triste écrit. (*Montrant de la main un papier.*) Il est sacré, ô mon amie! je l'ai tracé à mon heure suprême. Il renferme mes derniers vœux; tu les respecteras, je l'espère. Non, tu ne me refuseras pas la seule grâce que je te demande, en mourant pour toi..... Charlotte, si je n'ai pu, durant ma vie, rester auprès de toi; que je ne te quitte plus après ma mort!... A côté de ta porte..... sous ces tilleuls, où tu me parus si belle au milieu de tes enfans; où tant de fois je soupirai mon douloureux amour..... Là,.... sous ces arbres chéris,.... que ma cendre y repose!... que j'y dorme en paix!.... Quelquefois, peut-être, tu viendras y répandre des larmes..... tes accens plaintifs parviendront jusqu'à moi..... Du fond de ma tombe, j'entendrai tes gémissemens;.... oui, je les entendrai;.... je te rendrai soupir pour soupir..... Où m'emporte mon faible cœur? J'étais calme tout à l'heure; malgré moi mes yeux se remplissent de larmes..... Que dis-je? balancerais-je à l'instant de mourir?.... Non, non, Charlotte, ce sacrifice t'est nécessaire, il m'est précieux..... (*Prenant l'arme.*) Je prends, sans pâlir, l'instrument qui va me donner la mort..... Tu me le présentes; je ne recule pas. (*Il passe dans l'arrière-cabinet.*)

GEORGES.

(*Pendant que Werther prononce les dernières phrases, Georges, exprime, par son jeu muet, une extrême agitation*).

Non, je n'y saurais tenir..... là..... je ne sais ce qui me presse..... une sueur froide se répand sur tout mon corps..... des larmes coulent malgré moi de mes yeux.....

WERTHER.

(*Quoiqu'il prononce d'un ton ferme et tranquille, son agitation doit percer à travers le calme dont il croit jouir.*

Tout est calme autour de moi, et mon ame est tranquille!...

GEORGES.

N'entends-je pas du bruit?..... Si c'était M. William!...

WERTHER.

Je te rends grâce, ô Dieu, de m'accorder cette chaleur.... cette force.... dans ces derniers momens!....

GEORGES (*tombant à genoux*).

Ciel protecteur! hâte, précipite ses pas!.... Oui; c'est lui!

(*On ouvre, et il se lève, prend sa lumière et écoute encore avant d'aller à sa rencontre.*

WERTHER.

Adieu!.... adieu, Charlotte!... adieu!....

(*Il se tire un coup de pistolet dans la poitrine. — Au bruit du coup Georges tremble sur ses jarrets, puis, court à travers le salon, en chancelant comme un homme ivre, passe de la même manière dans le cabinet, où il reste un moment les bras tendus, immobile. Reprenant ses esprits, il ouvre les battans de l'arrière-cabinet, où l'on voit le malheureux Werther étendu aux pieds d'un sopha, au-dessus duquel on aperçoit le portrait de Charlotte.)*

SCÈNE III.

LES PRÉCÉDENS, WILLIAM, CHARLOTTE, ALBERT, UN DOMESTIQUE portant un flambeau.

(On lève la rampe.)

ALBERT *(en entrant dans le salon).*

Non, cher Werther, tu ne partiras point; Charlotte elle-même..... *(Regardant autour de lui avec surprise.)* Tout est ouvert, et personne ici.... *(Passant tous dans le cabinet.)* Ciel!.... *(Et d'une main il écarte Charlotte qui s'approche; puis il aide à Georges à relever Werther.)*

CHARLOTTE *(apercevant Werther).*

Ah!.... *(Et elle tombe évanouie sur le bras de William.)*

WILLIAM *(soutenant Charlotte).*

O douleur!.... *(Et il l'assied sur un fauteuil.)*

ALBERT *(s'écriant avec transport).*

Il respire encore!...

GEORGES *(penché sur Werther qu'il arrose de ses larmes).*

O mon cher maître!...

WILLIAM.

Qu'as-tu fait, malheureux?...

CHARLOTTE *(reprenant ses sens, et avec l'accent de la plus vive douleur).*

O mon Dieu!...

WERTHER *(sans connaissance et d'une voix étouffée).*

Charlotte!

CHARLOTTE.

Il m'appelle!

(Et elle se lève les bras tendus vers lui, puis retombe assise sans force.)

WERTHER.

(Il reprend peu à peu ses sens, regarde autour de lui avec lenteur et

étonnement. — Georges est à ses pieds, tenant un mouchoir sur sa blessure.)

Où suis-je?....

WILLIAM.

Au milieu de tes amis désespérés.

WERTHER (*apercevant Charlotte*).

Et vous aussi, Charlotte!.... (*Levant les mains au ciel.*) Je te rends grâce, ô ciel! de la faveur que tu m'accordes.

CHARLOTTE (*avec un tendre reproche*).

Cruel!

WERTHER (*recueillant ses esprits et ses forces*).

Mes amis,.... approchez-vous..... (*Ils se rangent autour de lui.*) Je ne pouvais plus vivre sans crime.....

ALBERT.

Barbare!.... et tu commets le plus horrible!

WERTHER (*avec un ton d'impatience et de bonté*).

Mes amis!.... écoutez-moi.....

Je t'ai mal payé de retour, Albert;.... tu me le pardonnes..... J'ai troublé la paix de ta maison;.... j'ai porté la défiance parmi vous;.... j'ai dû y mettre fin..... Puisse ma mort vous rendre heureux!....

Et toi, Charlotte!.... toi..... dont la présence seule..... me soutient..... dans ces derniers instans..... permets..... que ton ami..... ne sorte plus..... de ton cœur..... Pense.... à l'infortuné..... Werther..... qui ne vécut..... qui ne meurt..... que pour toi!....

Albert!.... Albert!.... fais..... que cet ange..... soit heureux!....

Mes chers amis..... approchez-vous..... Je meurs.....

WILLIAM.

Ciel!.... il expire.

FIN DE WERTHER.

L'AMOUR ET L'AMITIÉ,

PANTOMIME.

(FAIT HISTORIQUE, TIRÉ DE L'HISTOIRE PHILOSOPHIQUE ET POLITIQUE DE L'ÉTABLISSEMENT ET DU COMMERCE DES EUROPÉENS DANS LES DEUX-INDES.)

PRÉFACE DE L'AUTEUR.

Lorsque je traçais, il y a bien long-temps, le programme de cette bagatelle que je destinais pour l'Opéra, j'ignorais que les maîtres de ballets de l'Académie royale de musique n'acceptent jamais les secours de personne pour la composition de leurs ballets, dont ils sont toujours les auteurs uniques, sous le rapport dramatique comme sous celui de la chorégraphie. « Payés en conséquence, disait l'un d'eux, nous regar« derions comme un déshonneur de travailler sur des pro« grammes que nous n'aurions pas faits. J'en ai au moins trois « cents de cette espèce qui ne verront jamais le jour. »

Cependant je tiens à cette pantomime dont le sujet me séduit, parce qu'il est profondément dramatique; j'ai donc pris le parti d'en retoucher le plan, d'y mêler un peu de dialogue, et d'y ajouter un prologue, afin de la rendre plus propre aux théâtres du second ordre. J'ai l'intime conviction que, montée convenablement, elle obtiendrait quelque succès.

PERSONNAGES DU PROLOGUE.

MORPHÉE, dieu du sommeil.
L'AMOUR.
L'AMITIÉ.
ZOÉ, jeune esclave.

PERSONNAGES DE LA PANTOMIME.

M. ET Mme DE MONTVAL, propriétaires de l'habitation du même nom.

ZAMOR ET ADONIS { Tous deux contre-maîtres dans cette habitation; nègres, amis dès l'enfance, et amans de *Zoé*.

ZOÉ, jeune esclave, attachée à Mme de Montval.
L'AMOUR, sous la figure d'un jeune blanc de 15 ans.
L'AMITIÉ, sous celle d'une blanche de 20 ans.
NÈGRES ET NÉGRESSES des deux cases commandées par *Zamor* et *Adonis*.
GENS de M. et Mme de Montval, blancs et noirs.
SOLDATS DE LA GARNISON DE L'ILE.
PERSONNAGES INFERNAUX.

La scène est dans une île d'Amérique, sur l'habitation MONTVAL.

PROLOGUE.

Le théâtre représente une salle de verdure qui se termine, au fond, par une colline, au pied de laquelle est un banc de gazon.

(*Un bout d'ouverture respirant le calme et le silence de la nuit qui est répandue sur la scène lorsque la toile se lève.*)

SCÈNE PREMIÈRE.

MORPHÉE [1].

(*Il descend en silence, dans un char porté sur un nuage. Il est debout ; une main appuyée sur son char, tenant de l'autre une corne contenant ses pavots. Il s'assied.*)

Ouf!.... je n'en puis plus..... Je suis rendu..... Il faut convenir que mon confrère l'Amour abuse bien de ma complaisance..... Moi!.... Morphée!.... dieu du repos!.... me faire faire ainsi trois ou quatre mille lieues pendant la nuit..... Interrompre le doux sommeil que je goutais entre un sultan et sa favorite (qui dormaient aussi profondément que moi) : et pourquoi s'il vous plaît?.... pour que je vienne dans ce lointain parage, endormir une jeune négresse, à qui ce dieu malin veut faire quelque espiéglerie..... N'importe, je lui ai promis : je tiendrai parole. « Avant l'aurore, m'a-t-il dit, je la ferai trouver au pied de « la colline qui domine sur l'habitation Montval »..... C'est bien ici, je crois..... J'entends marcher..... C'est elle.

[1] On me blâmera peut-être de confondre ainsi les temps anciens et modernes; en effet, l'anachronisme est prononcé : mais on me le pardonnera, si l'on considère que l'emprunt que je fais à la mythologie peut répandre quelque agrément sur ce sujet qui en a grand besoin.

SCÈNE II.

MORPHÉE, ZOÉ.

ZOÉ.

(*Elle vient lentement, regarde autour d'elle, d'un air distrait : lève les yeux au ciel, soupire et s'assied.*)

Pauvre Zoé!.... être du tout pas heureuse :.... triste, inquiète, beaucoup :.... sommeil, plus rester dans yeux à moi, depuis qu'Adonis et Zamor aimer tous deux Zoé..... Rêves vilains, affreux, reveiller moi toujours..... Cœur gonfler poitrine à moi..... Yeux à moi devenir fontaines :.... Pourquoi être comme ça?.... Pas savoir.....

(*Morphée se lève, et répand ses pavots.*)

Ah! air rafraîchir paupières..... Calme rentrer dans cœur à moi..... Oh!.... Oui..... doux sommeil revenir à Zoé.....

(*Elle s'endort, et Morphée monte au ciel dans son nuage.*)

SCÈNE III.

ZOÉ *endormie*, L'AMOUR, L'AMITIÉ.

(*L'Amour, chargé de son arc et de ses flèches, descend la colline d'un pas léger, et du bord d'une coulisse, ajuste Zoé : l'Amitié paraît près de lui, et de sa baguette dérange la flèche et l'arc.*)

L'AMITIÉ.

Tout beau? mon frère : tout beau?

L'AMOUR.

Ah! c'est vous, l'Amitié? (*et il l'ajuste encore.*)

L'AMITIÉ (*le dérangeant de même*).

Voilà de vos tours..... Vous n'en faites jamais d'autres.

L'AMOUR.

Laissez, ma sœur.

L'AMITIÉ.

Que vous a fait cette jeune négresse, pour l'accabler ainsi de vos traits?

L'AMOUR (*avec une feinte colère*).

Ce qu'elle m'a fait, ma sœur! ce qu'elle m'a fait!.... (*d'un ton badin.*) Elle méprise mon culte.

L'AMITIÉ.

Comment le mépriserait-elle? elle ne le connaît pas encore.

L'AMOUR.

C'est bien là ce qui me fâche; petite bégueule! à quinze ans! Africaine! et ne pas connaître l'amour! c'est un scandale.

L'AMITIÉ.

Mais mon frère.....

L'AMOUR.

Comment? Adorée de deux jeunes nègres, beaux, faits au tour, et rester insensible à leurs feux! petite sotte.

L'AMITIÉ.

Mon frère! et moi aussi j'ai un culte sur la terre : non violent, furieux, incendiaire, comme le vôtre qui ne laisse après lui que ravages, que cendres; mais un culte noble et pur comme la divinité dont il émane : les âmes bien nées en sont le sanctuaire, et les vertus forment son cortège : tel est celui que me rendent les deux jeunes nègres dont vous parlez; et leur encens m'est agréable....

L'AMOUR.

De grands mots, ma sœur; de grands mots : voilà tout.

L'AMITIÉ.

De grâce, mon frère! écoutez-moi?

L'AMOUR (*avec impatience*).

Eh bien! parlez.

L'AMITIÉ.

Zamor et *Adonis*, tous deux contre-maîtres dans cette habitation, l'un du quartier des *Cannes à sucre*, l'autre de celui des *Cafiers*, s'aiment dès l'enfance, et ne s'étaient jamais quittés, lorsqu'il y a trois mois, le propriétaire de ce domaine confia à chacun d'eux la case qu'ils commandent aux deux extrémités de l'habitation.

Esclaves, il fallut obéir; mais combien leur séparation fut douloureuse! et combien elle leur a été funeste! car, forcé de partager entre eux ma surveillance et ma protection, vous en avez habilement profité pour les faire brûler des mêmes feux. Ce raffinement de malice, qui vous est familier, vous a été d'autant plus facile, que *Zoé*, entrée dans cette habitation à la même époque, accompagnant toujours sa maîtresse dans ses promenades à l'une et à l'autre case, vous avez été à même de faire tant et de si profondes blessures qu'il vous a plu. Lorsque je m'en suis aperçue, il n'y avait plus de remède : tout ce que j'ai pu faire, ça été d'empêcher les deux amis de se rencontrer jusqu'à ce jour, et de garantir *Zoé* de vos traits. Mais le moment fatal approche, Aujourd'hui même, les deux cases se réunissent pour célébrer la fête du maître de l'habitation; et *Zamor* et *Adonis* brûlant d'obtenir un tendre aveu, chacun d'eux a résolu de tout tenter pour joindre *Zoé* pendant le bal. Qui peut prévoir les suites de cette double rencontre? *Zamor* et *Adonis* s'aiment comme *Oreste* et *Pylade* : tous deux aiment *Zoé*, comme des Africains : qui l'emportera, de l'amour ou de l'amitié? C'est à quoi je ne puis songer sans frémir.

L'AMOUR.

Que vous êtes bonne, ma sœur! faites comme moi. J'ai frappé; vous avez paré : chacun de nous a joué son rôle; moi, de dieu malin; vous, d'austère déité : laissez aller le reste comme il pourra.

L'AMITIÉ.

Mon frère! plus puissant que tous les dieux, que vous atteignez quand il vous plaît, je n'ai point la présomptueuse témérité de lutter contre vous : c'est une grâce que je vous demande.

L'AMOUR.

Dites, ma sœur.

L'AMITIÉ.

Décidée à laisser au sort le soin de disposer en maître des événements de cette journée, accordez-moi d'en faire autant.

L'AMOUR.

Je vous le promets : j'en jure par le *Styx*, serment redoutable, même aux immortels..... Mais, ma sœur, faisons mieux; pour être encore plus sûrs l'un de l'autre, prenons part aux jeux de ces bonnes gens : paraissons à leurs yeux, deux jeunes blancs : dansons-y ensemble.

L'AMITIÉ.

Toujours joyeux et folâtre comme à votre ordinaire.

L'AMOUR.

Que voulez-vous, ma sœur? il faut bien égayer un peu notre metier de dieux : il est souvent si monotone.

L'AMITIÉ.

Heureusement, mon frère, vous n'en prenez qu'à votre aise.

L'AMOUR.

A dire vrai, ma sœur; comme je m'ennuie beaucoup dans l'Olympe, j'y vas le moins que je peux. La cour céleste est si guindée! le ton en est si sérieux! pas le plus petit mot pour rire. Jupiter se fâche d'un rien; et s'il fronce seulement le sourcil, la voûte des cieux en est ébranlée, et mes flèches en frémissent encore une heure après dans mon carquois. Je me plais bien mieux avec les mortels. J'y suis sans gêne. Je pique l'un : j'égratigne l'autre. Celle-ci vient au devant de mes traits, celle-là les évite. Tantôt je cache mes flèches, et la foule me poursuit; tantôt, mon bandeau sur les yeux, je frappe à tort et à travers : puis je me sauve en riant des pleurs que j'ai fait répandre.....

L'AMITIÉ.

Mauvais sujet!

L'AMOUR.

Ingrate! c'est bien à vous de parler ainsi. Vous ne voyez donc pas que tous les jours votre culte se recrute des déserteurs du mien..... Mais brisons là-dessus. Acceptez-vous ma proposition?

L'AMITIÉ.

Il le faut bien, puisque vous le voulez.

L'AMOUR.

A la bonne heure..... l'Amour et l'Amitié danseront ensemble.

L'aube du jour commence à paraître. *Zoé* va bientôt se réveiller : allons nous préparer.

On baisse la toile.

FIN DU PROLOGUE.

L'AMOUR ET L'AMITIÉ,

PANTOMIME.

ACTE PREMIER.

Le théâtre représente, au fond, à droite du spectateur, le principal logis de l'habitation ; et au milieu, dans le lointain, un pavillon ou *kiosque* dans des bosquets. Sur le devant est une cour plantée d'arbres.

OUVERTURE

(*de moyenne longueur, d'une teinte sombre, d'une touche forte, qui dispose l'ame à l'action et aux grandes passions qui vont se développer.*)

SCÈNE PREMIÈRE.

UN MAÎTRE-JACQUES, — CINQ OU SIX GENS DE LIVRÉE, BLANCS ET NOIRS, — QUELQUES FEMMES, BLANCHES ET NOIRES, — QUELQUES SOLDATS D'INFANTERIE.

Les gens de livrée, guidés par le maître-Jacques, enfoncent des clous dans un poteau ou colonne, et y suspendent un tableau ou inscription, portant :

VIVE PIERRE,
LE MEILLEUR DES MAÎTRES!

SCÈNE II.

LES PRÉCÉDENS ; ZAMOR, ADONIS, AUTRES NÈGRES ET NÈGRESSES.

Zamor entre par la gauche du spectateur, avec sa case qui vient en sautant au son de grossiers instrumens, sur un air lourd et aussi éloigné de notre musique que leurs mœurs le sont des nôtres.

Adonis fait ensuite la même entrée par la droite.

Dès que les deux amis s'aperçoivent, ils se précipitent dans les bras l'un de l'autre, et se prodiguent mutuellement les témoignages de la plus vive amitié, pendant que leurs cases ornent la colonne de guirlandes, en décrivant avec ordre quelques figures, ou en marchant à pas cadencés : après quoi, les deux cases se rangent, chacune de son côté, leurs contre-maîtres à leur tête.

SCÈNE III.

LES PRÉCÉDENS; M. DE MONTVAL, ET SON ÉPOUSE SUIVIE DE ZOÉ.

A leur entrée, mouvement involontaire et prononcé, de *Zamor* et d'*Adonis*, à la vue de *Zoé*, mais comprimé par la présence de leurs maîtres : démonstrations, de joie de toute l'assemblée, et de bienveillance des maîtres, pendant que l'orchestre joue *Où peut-on être mieux ?* ou autre air analogue. Les maîtres se placent.

— Un bout de chœur de danse des deux cases, ne ferait pas mal ici : il annoncerait le *pas de deux* suivant.

SCÈNE IV.

LES PRÉCÉDENS; L'AMOUR, L'AMITIÉ.

L'Amour et l'Amitié, vêtus avec élégance, entrent d'un pas léger, un bouquet à la main, qu'ils présentent, l'*Amitié* à M. de Montval, l'*Amour* à son épouse; puis ils exécutent un *pas de deux*, et se retirent comme ils sont entrés.

Un soldat prend *Zoé* par la main, et veut danser avec elle : *Zamor* et *Adonis* sont prêts à s'élancer; la présence des maîtres les retient : *Zoé*, faisant résistance, retire sa main, et se place derrière sa maîtresse : le soldat, qui s'en console, prend son camarade, et quatre soldats dansent un *menuet militaire*, au son des instrumens à vent.

(*Chœur de danse général, si l'on veut.*)

M. de Montval se lève, montre au Maître-Jacques le *Kiosque* et les bosquets, pour qu'il y conduise la troupe joyeuse : *Allez ! que ce jour soit consacré tout entier au plaisir,* dit-il à l'assemblée, qui, en quittant la scène, chante par l'orchestre : *Allons danser sous les ormeaux, animez-vous jeunes fillettes*, ou tout autre équivalent.

Les maîtres se retirent : Zoé les suit.

FIN DU PREMIER ACTE.

ACTE DEUXIÈME.

NOTA. Rien n'empêche que le théâtre ne soit comme au prologue, en ajoutant un arbre un peu en avant de la colline. Au reste il faut, au fond de la scène, une colline surmontée d'une roche escarpée ; au pied de la colline, un arbre détaché d'elle ; et au pied de l'arbre, un banc de gazon.

SCÈNE PREMIÈRE.

ZOÉ.

Triste et rêveuse, elle vient chercher dans ce lieu solitaire le calme qui la fuit partout, et donner un libre essor aux soupirs qui l'oppressent. Des sentimens divers s'entre-choquent dans son âme. L'orchestre joue un morceau de moyenne longueur, en harmonie avec sa situation morale, pendant lequel elle s'assied sur le banc de gazon. Elle n'y reste pas long-temps : entendant du bruit, elle se cache derrière l'arbre.

SCÈNE II.

ZOÉ, ZAMOR, ADONIS.

ZAMOR.

Ne voyant point Zoé paraître à la fête, inquiet, il la cherche et l'appelle.

NOTA. Privé des signes nécessaires pour peindre les sons musicaux, j'en écris les notes par leurs noms. Voir au reste pages 203 et 204 de la partition de *Zémire et Azor*, dont ce bout de scène est imité.

(*Cor dans l'orchestre.*) SOL UT : (*dans la coulisse, pour faire écho.*) *sol* UT : *écho plus faible encore.*) sol *ut* (*il écoute*). (*Idem*) SOL MI : *sol* MI : sol *mi* (*il écoute encore.*) UT LA, fa, re, si, SOL mi UT : (écho) *sol* mi *ut* : (plus faible encore) *sol* mi *ut.*

(Il écoute encore). N'entendant rien, il atteint son portefeuille, en tire un papier blanc sur lequel il écrit, au crayon : *Zamor à Zoé*, et le suspend, de son côté, à l'arbre : puis s'en éloignant, il le considère et en paraît content; il s'enfonce dans le bois, pour chercher encore.

Zoé, qui a suivi tous les mouvemens, reparaît fort agitée : apercevant l'inscription, elle est plus agitée encore. Entendant de nouveau du bruit, elle se recache derrière l'arbre.

Adonis, entrant par le côté opposé à celui de *Zamor*, répète le bout de scène ci-dessus décrit : mais, hélas! il n'a pas son portefeuille : regardant autour de lui, il aperçoit une large feuille d'arbre, la prend, y trace, avec une pierre blanche, *Adonis à Zoé;* et la suspend de son côté, à l'arbre. Satisfait de son expédient, il s'éloigne pour en voir l'effet. Parvenu au milieu de la salle, il aperçoit les deux inscriptions; approche en frémissant : il lit : recule d'horreur; et se livre au désespoir.

Zamor rentre sur la scène, affligé de ne pas avoir trouvé *Zoé*. Il regarde son inscription, et paraît plus content. Apercevant son ami, il court à lui, et le serre dans ses bras; surpris de l'attitude immobile, de l'air sombre, et de l'accueil glacial d'*Adonis*, il lui en fait de tendres reproches. *Adonis*, sans se détourner, lui montre de la main l'arbre auquel sont suspendues les fatales inscriptions. *Zamor* approche de l'arbre; il lit, recule aussi, saisi d'horreur, et se livre de même au désespoir. Après divers mouvemens d'irrésolution, témoignages trop certains des affreux combats que se livrent en eux l'amitié et l'amour, ils se fixent d'un air farouche, se prennent la main, et portant l'autre sur leurs poignards.....

A ce mouvement, *Zoé*, qui était à quelques pas d'eux, et qui prend part à la scène, jette un cri perçant, et se précipite, à genoux, entre eux. Saisis à son aspect imprévu, ils reculent, puis avancent; la relèvent, et reculent encore. *Adonis*, tenant sa tête à deux mains, trépigne, s'arrache les cheveux. Cependant *Zamor*, aux pieds de *Zoé*, gémit, pleure, et lui baise les mains; *Adonis*, qui s'en aperçoit, ne voit plus en lui qu'un rival; furieux, il les sépare, se jette lui-même aux pieds de *Zoé*, et lui exprime la violence de sa passion, tandis que *Zamor*, les bras tendus vers le ciel, semble l'accuser de leur malheur; *Zamor*, à son tour, va pour les séparer; leur désordre est au comble.....[1] *Zoé* se dégage avec force : et d'un regard colère, d'un geste d'indignation, elle leur

[1] La fin du duo de la jalousie; *Euphrosine*, de Méhul, conviendrait peut-être ici.

ordonne de s'éloigner d'elle. Devenus plus calmes, l'amitié reprend le dessus; ils se précipitent dans les bras l'un de l'autre, et restent long-temps unis.

Zoé profite de ce moment de retour à la raison; et, recueillant ses esprits et ses forces, elle leur parle ainsi:

« Amans infortunés..... Malheureux amis..... Tous deux être
« dignes de *Zoé*..... Pas pouvoir être à tous deux..... *Zoé*
« épouser l'un : l'autre devenir mort..... Jamais: jamais *Zoé* être
« ni à l'un ni à l'autre..... Adieu!.... adieu!.... Pas suivre
« *Zoé*..... (d'un ton imposant)..... *Zoé* l'ordonner à tous deux. »

Elle se retire avec dignité, mais en donnant des marques d'une profonde émotion.

SCÈNE III.

ZAMOR, ADONIS.

C'est alors qu'étant seuls, l'amitié va reprendre tous ses droits, Chacun d'eux veut se dévouer à la mort, pour son ami, et ils se jettent aux pieds l'un de l'autre pour l'obtenir, pendant que l'orchestre joue: *Oh! mon ami, j'implore ta pitié*, (d'Iphigénie en Tauride de Gluck); puis, du même opéra, le rapide et court dialogue: *Que me demandes-tu? — De me laisser mourir. — Non ne l'espère pas. — Oreste t'en conjure. — Non ne l'espère pas, cruel!*

Puis ensemble ce duo qui suit:

Dieux! fléchissez son cœur;
Rendez-moi mon ami: qu'il m'accorde sa grâce;
Que tout mon sang vous satisfasse;
Qu'il suffise à votre rigueur.

Rien ne peut les fléchir : l'amitié est insensible aux pleurs de l'amitié. L'un d'eux alors met la main sur le bras de son ami; immobiles, ils se fixent d'un œil sombre: leurs regards, leur silence, tout annonce qu'ils enfantent un projet affreux..... Et ils quittent la scène en cet état, laissant le spectateur saisi de crainte et d'effroi.

SCÈNE IV.

ZOÉ.

Elle accourt, tremblante et hors d'elle-même : elle a vu les deux amis s'enfoncer sous les arbres étroitement unis et dans un morne silence.

C'est alors qu'elle s'abandonne elle-même au désespoir. Elle voit une roche escarpée : délibère en la regardant : elle avance : elle hésite : monte enfin, en tremblant : puis recule d'horreur : les forces lui manquant, elle tombe, presque évanouie, au pied de cette roche [1]. Elle n'y reste pas long-temps : l'orchestre annonçant les deux amis, elle se retire avec précipitation et frayeur.

SCÈNE V.

ZAMOR ET ADONIS.

Ils reparaissent avec un visage tranquille ; et l'orchestre joue (de l'opéra déjà cité) :

Unis dès la plus tendre enfance,
Nous n'avions qu'un même désir :
Ah ! mon cœur applaudit d'avance
Au coup qui va nous réunir.
Le sort nous fait périr ensemble,
N'en accuse point la rigueur ;
La mort même est une faveur,
Puisque le tombeau nous rassemble.

Et ils quittent la scène en se tenant unis.

[1] Le morceau qui accompagne le bout de pantomime de *Belinde*, dans la Colonie, pourrait convenir ici.

FIN DU DEUXIÈME ACTE.

ACTE TROISIÈME.

SCÈNE PREMIÈRE.

ZAMOR, ADONIS, ZOÉ.

L'orchestre seul, pendant quelque mesures, dispose le spectateur à l'événement atroce mais sublime qui va suivre.

Les deux amis paraissent, tirant leur amante plutôt qu'ils ne la conduisent. La tenant au milieu d'eux, ils mettent un genou en terre, posent sur leur tête, en signe de respect et de soumission, la main de *Zoé*, que chacun d'eux tient dans la sienne; puis à leur bouche, et y impriment un baiser: puis sur leur cœur qu'ils pressent de cette main chérie, en exhalant un profond soupir, ou plutôt un gémissement douloureux. Cependant, cette scène muette et solennelle jette la malheureuse *Zoé* dans une affreuse anxiété..... Soudain, les deux amis se relèvent, tirent de leur ceinture chacun un poignard, et l'enfoncent dans le sein de cette infortunée qui tombe expirante entre leurs bras, puis dans leur propre cœur, et tombent, aussi expirans, en se tenant unis avec *Zoé*. Après quelques secondes, *Zamor* et *Adonis* rappelant un reste de vie, font des efforts pour se relever, avec *Zoé* dans leurs bras, parviennent même à se tenir ainsi debout, en chancelant..... Tout-à-coup, la vie les abandonne: ils tombent morts sur le carreau.

SCÈNE II.

LES PRÉCÉDENS, TOUTE LA TROUPE JOYEUSE.

La troupe joyeuse, qu'annonce un air analogue, revient des bosquets, traverse la scène sur le devant de laquelle elle est déjà, avant d'avoir aperçu les victimes qui sont vers le fond. Après les premiers mouvemens, qui sont ceux de la surprise et de l'effroi, toute la troupe se livre à la douleur et verse des larmes sur le sort de ces trois infortunés, pendant que l'orchestre joue un morceau analogue à la situation [1].

SCÈNE III.

LES PRÉCÉDENS, CINQ PERSONNAGES INFERNAUX.

Un bruit souterrain de lourdes chaines, se fait entendre : et du milieu du théâtre, sort un personnage infernal *femelle*, une torche dans chaque main, puis, à quelques pas de distance, à droite et à gauche, quatre personnages *mâles*, qui après quelques gestes, contorsions, ou pas infernaux, s'avancent vers les victimes..... Un roulement de tonnerre se fait entendre, et rassure la troupe glacée d'effroi : les personnages infernaux s'abîment : et un groupe de nuages, qui descend majestueusement sur la scène, dérobe les victimes aux yeux des spectateurs.

SCÈNE IV.

LES PRÉCÉDENS (hors les Furies); L'AMOUR, L'AMITIÉ.

A l'aspect du groupe de nuages, toute la troupe s'incline avec respect. Cependant, à un second roulement de tonnerre, le groupe de nuages remonte comme il était descendu ; et en se retirant, il laisse voir un joli temple, de forme ronde, formé de colonnes surmontées d'une coupole, ayant au fronton ou bandeau supérieur aux corniches, une inscription, en lettres d'or et en transparent, portant : TEMPLE DE L'IMMORTALITÉ. Au centre de ce petit temple, richement éclairé, sont assis, une palme à la main, *Zoé* entre *Zamor* et *Adonis :* et derrière eux, debout, l'*Amour* et l'*Amitié* tenant sur leurs têtes trois couronnes; savoir : des mains, droite et gauche, extérieures, sur Zamor et Adonis; et des mains, droite et gauche, intérieures, sur la tête de Zoé.

[1] Le chœur du premier acte d'*Alceste*, et qui se répète, je crois, au troisième acte, *Pleure ô patrie, ô Thessalie!* conviendrait peut-être ici.

FIN.

www.ingramcontent.com/pod-product-compliance
Ingram Content Group UK Ltd.
Pitfield, Milton Keynes, MK11 3LW, UK
UKHW021043230726
13926UKWH00004B/1623